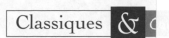

D1137430

Collection animée par
Jean-Paul Brighelli et Michel Dobransky

Bruce Lowery
La Cicatrice

Présentation, notes, questions et après-texte établis par

JEANNE DUPUY

CARLOS HORCAJO
professeurs de Lettres

MAGNARD

Sommaire

PRÉSENTATION
Bruce Lowery : un Américain si français 5

LA CICATRICE
Texte intégral 7

Après texte

POUR COMPRENDRE
Étapes 1 à 9 (questions) 200

GROUPEMENT DE TEXTES
Le monde cruel de l'enfance 211

INFORMATION / DOCUMENTATION
Bibliographie, filmographie, Internet 219

BRUCE LOWERY : UN AMÉRICAIN SI FRANÇAIS...

Bruce Lowery est un écrivain étonnant : né en 1931 dans le Nevada aux États-Unis, de langue américaine, il écrit pourtant son premier roman, *La Cicatrice*, en 1960 en français. Il faut dire que l'écrivain connaît bien la langue et la culture française car il fait de brillantes études en France : il obtient de nombreux diplômes avec mention tant à l'Université de Paris qu'à l'École de journalisme. Il poursuit sa carrière universitaire en soutenant, en 1962, une thèse de doctorat ayant pour sujet « Marcel Proust et Henry James : une confrontation » à l'Université de la Sorbonne où il reçoit la mention très honorable. Commence alors sa carrière de professeur : il enseigne l'anglais au lycée Henri IV à Paris et à l'École d'interprètes de la Sorbonne de 1962 à 1967. Puis il est chargé d'un poste à l'Institut d'Études politiques de Paris (Sciences-Po) de 1968 à 1975.

En sus de l'enseignement, il mène deux autres carrières de front : celle d'écrivain avec la publication de *Porc-épic* (1963), *Le Loup-garou* (1969), *Revanches* (1970), *Le Philatosexuel* (1977) et *Qui cherche le mal* (1978) et celle de traducteur. Passionné de culture européenne, il maîtrise parfaitement, outre le français, l'italien, l'espagnol et l'allemand. Il traduit son premier roman *La Cicatrice* dans sa langue maternelle et le publie avec succès à Londres et à New York. Il signe également l'adaptation anglaise de nombreux films européens et les sous-titres en anglais et en français de nombreux longs métrages. Il meurt en 1988.

La publication de *La Cicatrice* l'a porté au devant de la scène. Vif succès littéraire, ce roman reçut plusieurs distinctions : le Prix Rivarol – Prix de l'universalité de langue française – décerné par un jury d'académiciens, et le prix du Meilleur livre de l'année choisi par le jury des Scouts de France. En mettant en scène un petit garçon de treize ans rejeté uniquement parce qu'il souffre d'un bec-de-lièvre, Bruce Lowery touche un large public : non seulement celui des jeunes gens qui ont, un jour, fait face au problème de l'exclusion, mais aussi celui des adultes qui comprennent la souffrance à laquelle peut être confronté un enfant. L'auteur américain amène à réfléchir sur la différence, l'exclusion, le vol, le mensonge, Dieu, la mort. Subtilement, l'enfermement de Jeff, le héros de *La Cicatrice*, dans le piège du mensonge qu'il élabore, touche aux questions fondamentales du rapport de confiance avec les adultes et, au-delà, soulève d'innombrables questions métaphysiques.

Bruce Lowery
La Cicatrice

1

J'étais, sans le savoir, un enfant heureux, relativement heureux, il est vrai. Mais ce n'était qu'une impression d'ensemble. Car ma vie, même alors, ne manquait pas de petits malheurs auxquels je n'arrivais pas à m'habituer. Il faut remonter à novembre 1944. J'avais treize ans.

J'ai, depuis toujours, une cicatrice sur la lèvre supérieure. Les médecins disaient, sans cruauté, en triturant[1] mon visage et en tirant sur ma lèvre comme un acheteur inspecte la gueule d'un poulain, que c'était « un bon travail de raccommodage ». J'aurais pu, j'aurais dû deviner que c'était en réalité un petit bec-de-lièvre[2]. Mais il était tellement bien réparé qu'on parlait toujours de « cicatrice ».

Ma mère n'a jamais su mentir, surtout aux êtres qu'elle aimait. C'est pourquoi l'histoire qu'elle me racontait n'était jamais tout à fait semblable. Tantôt, il s'agissait d'un accident, j'étais tombé de mon lit après ma naissance ; tantôt d'une chute sur le ciment, quand je faisais mes premiers pas. Je sentais toujours que, gênée, elle cherchait vite à détourner la conversation. Et comme, moi aussi, j'avais peur d'une chose à peine devinée, je n'insistais jamais, comme je n'aurais pas manqué de faire pour tout autre chose.

1. Tordant dans tous les sens.
2. Malformation de naissance de la lèvre supérieure.

Je ne le savais pas alors, mais ce qu'elle me cachait là, c'était un des plus grands chagrins de sa vie. Ce n'est que bien des années après que, hésitante, confuse, elle devait m'avouer la
25 vérité sur cette « cicatrice ». Elle lui avait fait, je crois, plus de mal qu'à moi-même.

Sans cela, elle pouvait aimer mes yeux, trop grands, aux cils trop longs peut-être, mais dont la pâleur surprenait à cause du trait noir qui cernait l'iris[1]. Ils ressemblaient d'ailleurs à ses
30 propres yeux – d'un bleu-vert délavé, celui des Frisons[2], ses ancêtres.

À ma naissance, elle s'était répété mille fois la même question qu'elle adressait à Dieu : « Qu'est-ce que je Vous ai fait pour mériter cela ? Pourquoi cette tare[3], dans cet être amoureuse-
35 ment formé en moi ? » Ma mère, protestante croyante, n'a jamais pu concilier le Dieu d'avant ma naissance, qu'elle avait cru bon, avec le Dieu d'après, chez qui elle était bien obligée de découvrir quelque chose d'injuste et de malfaisant. La vue de la « cicatrice » lui donnait un désarroi, un étonnement chaque
40 jour renaissants.

Mon père, d'un caractère beaucoup moins anxieux, avait accepté le fait avec une sérénité[4] qu'elle lui enviait et lui repro-chait. Il devait penser ce qu'il disait souvent dans d'autres cas : « Ce sont des choses qui arrivent... »

---

1. Partie colorée de l'œil.
2. Habitants de la Frise, ancienne province des Pays-Bas.
3. Défaut physique ou moral.
4. Calme.

45   Mon frère Bubby n'y avait sûrement jamais pensé. Il n'avait alors que six ans : sept ans de moins que moi. Pour lui, ma lèvre faisait partie de ma personne et n'avait rien de plus extraordinaire que mes oreilles ou mon nez. Il m'aimait simplement et sincèrement, comme un garçon aime son grand frère. Il devait
50 souffrir et mourir – serait-ce de ma faute ? Je ne le saurai jamais – il me restera toujours ce doute... Bubby, qui avait toute la vie devant lui, ne viendra jamais plus vers moi, confiant et affectueux, comme il faisait alors. J'espère, à travers ces lignes, faire revivre l'amour que cet enfant me témoignait. Je le lui dois.
55   Tout ignorant donc que j'étais des sentiments qu'éprouvait ma mère, et sans connaître la véritable origine de cette « cicatrice », moi aussi, j'en voulais à Dieu, un peu.

    – Dis, maman, lui demandais-je, Dieu est bon, n'est-ce pas ?

    – Oui, bien sûr.

60   – Alors, si Dieu est bon, pourquoi m'a-t-il fait ma cicatrice ?

    – Mais, ce n'est pas lui qui te l'a faite, c'est un accident...

    – Alors, pourquoi l'a-t-il laissé arriver, cet accident ?

Maman, perplexe[1], posait l'assiette qu'elle venait d'essuyer :

    – Oh !... Parce qu'il doit avoir trop de choses à faire. Tu te
65 rends compte ? Avec tous les gens qu'il y a sur terre !

    – C'est qu'il est débordé, alors ?

Elle souriait :

    – C'est ça, « débordé ».

J'étais sorti de la pièce, puis je revins :

---

1. Embarrassée.

70   – Mais si je crois très fort en lui, est-ce qu'il exaucera mes prières ?

– Ça dépend...

– Parce que je lui ai souvent demandé d'enlever ma cicatrice, et il ne l'a pas fait. Alors ?

75   – Peut-être... peut-être tu n'as pas bien prié.

Souvent, quand je revenais avec Bubby de l'École du Dimanche[1], je cherchais en effet à me persuader qu'en arrivant à la maison, il me suffirait de regarder dans la glace : « elle » n'y serait plus. Que de fois m'y suis-je précipité devant cette glace !

80   Hélas, « elle » y était toujours.

J'allais même – car malgré mes treize ans, j'étais un enfant pensif, inquiet – jusqu'à faire des raisonnements compliqués, des marchandages[2] avec Dieu. Puisque l'âge des miracles est, aux yeux du monde actuel, révolu[3], me disais-je, il faudrait que

85   j'aie une faveur spéciale.

Or, j'étais convaincu, sans me demander pourquoi, qu'il fallait que personne ne fût au courant de ce miracle. Sinon, Dieu ne me l'accorderait pas. Donc, je lui promettais perpétuellement que, s'il me supprimait la cicatrice, je n'en parlerais à per-

90   sonne. Naturellement, dans ce cas, mes parents allaient se réveiller un matin et tout le monde sauf moi, dans l'oubli le plus total qu'elle eût jamais existé.

Un jour, je me sentais soudain fou de joie. Je venais de

---

1. Lieu où l'on enseigne la Bible aux enfants protestants.
2. Discussions pour obtenir quelque chose dans les meilleures conditions.
3. Qui n'existe plus.

découvrir un défaut dans mon raisonnement. Je ne cessais de
95 me répéter : « Mais bien sûr ! Voilà pourquoi Dieu n'a pas marché, voilà pourquoi ! »

... Parce que j'avais eu la prétention d'être seul conscient du miracle.

Je fis donc une nouvelle proposition à Dieu. Je m'en souviens
100 très bien – le jour du déménagement. Un soir de novembre 1944. Cette nuit allait être la première dans notre nouvelle maison, dans ma nouvelle chambre.

Notre nouvelle maison n'était nouvelle que pour nous. En réalité, elle avait déjà été habitée par d'autres. Une petite mai-
105 son en bois blanc, pour une famille, avec plusieurs mètres de pelouse où mon père espérait, à la belle saison, planter des rosiers. Deux chambres au rez-de-chaussée, la plus grande occupée par mes parents, l'autre par Bubby. À moi, on avait donné l'unique pièce du premier étage, une chambre mer-
110 veilleuse pour un enfant qui, comme moi, aimait la lumière. Sur trois côtés, elle n'avait que des fenêtres – dix fenêtres !

Avant de monter me coucher, je restai longtemps dans la salle de bains. Une fois de plus, j'examinai la cicatrice dans la glace, que j'atteignais en grimpant sur un petit tabouret blanc
115 et en mettant un genou sur le rebord du lavabo. Une épaisseur sur le côté droit de la lèvre supérieure. Aucune trace de ce bel arc qui se dessinait sur celle de mes parents, de mon petit frère, de tout le monde. Mais il y avait pis : quand je souriais, je voyais apparaître un pli assez laid, horizontal, qui remontait un
120 peu vers la droite.

– Pourquoi ? Dites-moi, Dieu, pourquoi ?

Une fois de plus, des larmes troublaient ma vue.

– Jeff ! Qu'est-ce que tu fais là-dedans depuis si longtemps ?

C'était la voix de maman que j'entendais m'appeler à travers
125 la porte. J'ouvris le placard, derrière la glace, et remuai ma
brosse à dents (à manche vert toujours, car nous avions chacun
notre couleur).

– Attends, je me brosse les dents.

– Allons, Jeff, dépêche-toi, papa et moi nous voulons nous
130 coucher de bonne heure. Après ce déménagement...

Et ses pas s'éloignèrent dans le couloir.

– Alors, c'est promis, Dieu ? murmurai-je. Demain je me
réveillerai et ma lèvre sera comme celle de tout le monde.
Même moi je ne le saurai pas, même moi j'aurai oublié !
135 Promis ? Juré ?

Telle était ma nouvelle proposition à Dieu. Même moi je
devais ignorer que le miracle aurait eu lieu. Bien sûr ! Dieu n'était
plus le même qu'au temps où il avait fait les miracles dont on parlait à l'École du Dimanche. Il avait changé d'avis. Il avait rendu
140 l'examen plus dur. Il ne voulait plus marchander la croyance des
humains à coup de miracles. Oh, Dieu en faisait toujours, même
aujourd'hui. Mais il les cachait exprès, pour éprouver la foi des
hommes. Il fallait donc croire aveuglément. Tout était clair !

J'étais tellement heureux que mon pied glissa sur le tabouret
145 et que je faillis tomber sur le carreau.

Au fond de mon esprit, quelques doutes cherchaient malgré
tout à pénétrer, comme des insectes qui ne cessent de cogner

contre une vitre. Mais, contre l'assaut de ces doutes, je gardai mon esprit bien fermé, persuadé que, par-dessus tout, ce qui
150 comptait, c'était la croyance aveugle.

— Allons, Jeff, sors de là, sinon tu vas voir.

C'était la voix calme, sans méchanceté, mais ferme de mon père. Lui, je le savais, disait toujours ce qu'il voulait dire. Aussi obéis-je instantanément.

155 Je jetai un dernier coup d'œil dans la glace, un dernier sourire dont le pli oblique, si détesté, demain aurait disparu. J'en étais sûr... presque sûr... non ! complètement, absolument persuadé !

Je croisai mon père en courant : je craignais une petite claque
160 que je ne reçus point.

— Qu'est-ce que tu as, Jeff ? Tu ris ? Alors, tu trouves que c'est drôle de faire attendre ton père ?

— Non, papa, c'est pas pour ça, dis-je. C'est que je suis tellement, tellement heureux ! Je m'arrêtai sur l'escalier en m'étirant
165 les bras de contentement[1].

— Je ne te comprends plus, sacré gosse. Tout l'après-midi tu as répété que tu avais tant de chagrin de quitter la maison...

Sans répondre, je montai en courant les marches qui restaient, enfilai mon pyjama dans cette pièce froide, et sans allu-
170 mer, sautai dans mon lit.

En remontant les couvertures, chaudement, jusqu'à mon nez, je regardai cette pièce inconnue. Sur le plancher des caisses

---

1. Satisfaction.

non encore déballées. La lune soulignait leurs planches de sapin blanc. Aux vitres, sa clarté, captée dans le givre, inventait des
175 plantes plus fabuleuses les unes que les autres, les éclairait de sa blancheur froide, comme des images de verre dépoli détachées sur le noir de la nuit.

« C'est Dieu, me disais-je, qui dessine ces fougères, ces cactus, c'est lui qui fait pousser ces chardons[1] géants... »
180 Des fourrés, des palmes[2] fantastiques, dont la poussée sauvage m'inquiétait, grimpaient le long des vitres.

Pendant que j'attendais le sommeil, je les contemplais, émerveillé de ces beaux tours que Dieu savait faire.

Tout à coup, je me rappelai la boule de cristal renfermant un
185 grain de moutarde, que quelques heures auparavant j'avais moi-même retirée de son emballage et mise à sa place sur le guéridon du salon. Je me levai doucement et descendis relire l'inscription sur le pied de bois qui tenait la boule. Pour me rassurer, je me répétai la phrase, cherchant à l'apprendre par cœur :
190 *Si vous aviez de la foi gros comme un grain de moutarde, vous pourriez dire à cette montagne : « Transporte-toi d'ici à là », et elle s'y transporterait ; rien ne vous serait impossible.*

– Demain je me réveillerai, « elle » sera partie, j'aurai même oublié qu'elle ait jamais existé !

---

1. Plantes épineuses.
2. Feuilles de palmier.

BIEN LIRE

CHAPITRE 1
• Jeff discute avec Dieu des conditions du miracle demandé : il s'agit d'une sorte de marchandage. Vous souvenez-vous des conditions posées par Jeff ?
• Quelle est l'importance de la description de la fenêtre (l. 174-183) ?

2

Le matin, je sentis, à travers mes paupières, une lumière douce. J'ouvris les yeux en sursaut. Pour qu'il y eût tant de lumière, je pensai qu'il devait être tard. Je craignais d'être en faute pour ma première journée à la nouvelle école. Une
5 lumière à peine orangée inondait la pièce. Il faisait froid car le plancher était encore sans tapis et les fenêtres, pour tous rideaux, n'avaient que cette floraison[1] de givre qui avait avancé et épaissi depuis la veille. Cactus et chardons poussaient partout de nouvelles pointes. La teinte orangée de la lumière allait jau-
10 nissant imperceptiblement.

Je bondis de mon lit, m'enveloppant de la couverture. Je me précipitai à la fenêtre, vers la lumière. Je ne vis rien. La vue était voilée par les plantes de givre. Avec mes ongles, j'en détachai une lamelle qui fondit rapidement entre mes doigts. Enfin je
15 pus regarder à l'extérieur.

La maison était située sur la crête[2] d'une forte pente qui descendait vers l'est. Devant mes yeux s'étendaient, jusqu'en bas, des enfilades de toits couverts d'une couche égale de neige. Contrairement à ce que j'avais cru, il était très tôt. C'était
20 l'aube. Le soleil apparaissait à peine. Quoique en pleine ville, je pouvais voir l'immense étendue du soleil levant, comme du

---

1. Épanouissement des fleurs ; ici, l'emploi est métaphorique et indique que le givre prend de plus en plus d'importance.
2. Sommet.

haut d'une montagne au milieu d'une vaste plaine vide. Pas un bruit. La ville dormait sous la neige, dans le froid. Étais-je seul à voir ce merveilleux spectacle ? Seul dans toute cette grande
25 ville ? Peut-être...

Le disque orangé se dégageait des quelques nuages.

Ce spectacle me remplissait de ce sentiment pur, frais, de la beauté que seul possède l'enfant, quand il ne pense à rien, n'écoute que ses sens neufs, sans souvenirs. Je ne faisais pas de
30 différence entre la beauté, l'amour et le bonheur.

Il me semblait ressentir une sorte de complicité entre moi et cette lumière de l'aube. Elle et moi, nous commencions.

Où serai-je dans dix ans, en 1954 ? Où serai-je en 1964 ?

Ces dates, ces numéros sonnaient faux quand je les pronon-
35 çais à haute voix dans ma chambre, faux comme des impossibilités... Je les répétais néanmoins avec des intonations diverses. J'en aimais le rythme.

« Je deviendrai un grand archéologue. J'irai voir les sept merveilles du monde ! Comme dans ce beau livre de Halliburton[1].
40 Je découvrirai des tombes de pharaons encore inconnues... Bubby viendra avec moi. J'emmènerai mes parents aussi. Maman aura le mal de mer, mais ce sera sans importance. Il faudra emporter la citronnelle[2] contre les moustiques...

« Et puisque je voyagerai beaucoup, je pourrai trouver des
45 timbres dans tous les pays, agrandir mon album. Ma collection

---

1. Explorateur (1900-1939) qui a écrit de nombreux récits de voyage.
2. Huile préparée à base de citron et qui a pour vertu d'éloigner les moustiques.

sera superbe comme celle de M. Sandt, le vieillard qui me donnait parfois des doubles. Elle sera tellement belle même qu'il faudra la mettre dans un coffre-fort pour la protéger contre les voleurs... »

50 Si j'avais su ! Ce que j'allais découvrir, ce n'étaient pas des merveilles, c'était une bête impulsive[1]. Et non pas à l'autre bout de la terre, mais en moi-même. Là, néanmoins, dans ce moment où j'assistais au spectacle de l'aube, j'étais heureux. Je calculai l'âge qu'aurait, dans vingt ans, mon petit frère Bubby.

55 Le soleil était entièrement visible maintenant, trop aveuglant pour qu'on pût continuer à le regarder. Les nuages, verts, violets, se fanaient[2] de plus en plus rapidement. La blancheur des toits et des pelouses devenait à peine supportable. Je serrais la couverture autour de moi ; il faisait un peu froid... Du bas de 60 la colline, du vaste boulevard, me parvenait le lointain gémissement d'un premier tramway, entouré de silence.

Tout à coup, je me rappelai ! Abandonnant la couverture, je me précipitai dans l'escalier, saisis le tabouret dans la salle de bains et regardai dans la glace.

65 – Qu'est-ce que tu as ? Que fais-tu debout à cette heure-ci ?

C'était maman, attirée par le vacarme que j'avais fait en descendant les marches.

Sans plus me contenir, je me précipitai contre sa taille, pris ses doigts dans mes deux mains et, sanglotant, lui expliquai tout.

---

1. Incontrôlable.
2. Perdaient leurs couleurs.

70   Comme elle ne me répondait pas, je levai mes yeux vers les siens ; son regard me fuyait.

— Mais, maman, j'ai de la foi beaucoup plus gros qu'un grain de moutarde, j'en suis sûr. Tu ne crois pas ? Dis, maman...

— Bien sûr, mon petit, mais Dieu a ses raisons sans doute. Tu 75 verras qu'il y a beaucoup de choses qu'on ne comprend pas.

Elle me caressa la tête, de sa main merveilleuse qui avait le pouvoir mystérieux d'ôter tous mes chagrins.

— Va maintenant, va, va te recoucher. Sinon, tu vas avoir l'air endormi en classe. Tu ne veux pas faire une mauvaise impres- 80 sion le premier jour ?

Je remontai l'escalier d'un pas aussi lourd et lent qu'il était tout à l'heure léger et précipité. Je me recouchai. Sans savoir alors que ma mère pût éprouver un sentiment semblable, moi aussi, pour la première fois, je craignais de trouver chez Dieu 85 quelque chose d'injuste et de malfaisant[1].

Bientôt, j'entendis le bruit de l'élastique que mon père enlevait du *Somerset City journal,* le plouff du gaz que ma mère allumait sous le café, dans la cuisine.

---

1. Qui cherche à faire le mal, mauvais.

BIEN LIRE

CHAPITRE 2

• **Quels sont les changements survenus sur la fenêtre ? Comment vous les expliquez-vous ?**

• **En quoi le spectacle de la beauté révèle-t-il l'innocence de l'enfant ?**

• **Quelle est la « bête impulsive » dont parle le narrateur ?**

3

C'est maman qui nous a conduits, Bubby et moi, à l'école pour notre premier jour. Dans notre ancienne école, nous avions déjà suivi le cours depuis le mois de septembre. C'était la deuxième année élémentaire[1] pour mon frère ; pour moi c'était la dernière.

En changeant de quartier, nous devions aussi changer de milieu social. Avant, nous avions eu des voisins du même milieu que papa, des fonctionnaires comme lui, qui était météorologiste à l'Observatoire. Maintenant j'allais me trouver parmi des enfants de médecins, d'avocats, d'hommes d'affaires.

Notre maison se situait tout juste de l'autre côté de Vrain Street, le mauvais côté, ou plutôt ce que des gens qui n'y habitaient pas qualifiaient de côté « pas tout à fait bien ». Pourtant, notre maison était comprise à l'intérieur de la même circonscription scolaire[2] que les belles demeures du bon côté de Vrain Street. Une simple rue, quelques mètres – telle était la ligne de démarcation[3]. Frontière invisible dont il n'était jamais question chez nous.

À l'ancienne école, avec des enfants de fonctionnaires et de travailleurs, tout avait plus ou moins bien marché. Quoique un peu solitaire, je m'étais assez bien entendu avec les autres élèves.

---

1. Cette classe correspond au CE1.
2. Découpage administratif qui affecte les élèves à des écoles selon l'endroit où ils habitent.
3. Limite qui sépare deux zones, frontière.

Je n'avais été ni adulé[1] ni brimé[2]. Bien sûr, ma « cicatrice » avait provoqué parfois quelque curiosité chez mes copains. Mais je crois être sincère si je dis que, dans cette curiosité, je n'avais 25 jamais discerné[3] de cruauté.

J'avais été habitué, par conséquent, à une existence un peu monotone, quotidienne, mais point malheureuse. Pas un instant je n'imaginai qu'autre chose pût m'attendre à la nouvelle école. Je fus déçu cependant en montant l'escalier avec maman 30 et Bubby de voir que la rampe, à intervalles réguliers, était coupée par des coins métalliques, visiblement destinés à empêcher toute glissade. Je trouvai peu accueillante aussi l'odeur âcre[4], mêlée d'encaustique[5] et de désinfectant, qu'exhalait le moindre recoin de l'édifice[6].

35 Miss Martel, institutrice à la *Mary Noailles Murfree Elementary School,* était une femme d'une quarantaine d'années, grassouillette, sans énergie. Elle avait la voix un peu éteinte, les cheveux blonds et fanés comme une vieille perruque, ce qui n'était pourtant pas le cas. C'était sans doute à l'usure de l'enseignement 40 que la voix devait d'avoir perdu son timbre[7], les cheveux leur couleur. Mais une monnaie s'use davantage quand la frappe[8] est faible – c'était un peu le défaut de Miss Martel.

---

1. Adoré.
2. Qui subit des vexations.
3. Remarqué.
4. Irritante.
5. Cire d'entretien.
6. Bâtiment.
7. Qualité du son.
8. Opération par laquelle on produit une empreinte sur une pièce de métal.

Maman, croyant qu'elle aurait plus long à dire à l'institutrice de Bubby, me quitta très vite et l'emmena. Comme je me sentais seul et nouveau dans cette salle, j'évitai de regarder les
45 quelques élèves qui, près de l'armoire à vêtements[1], attendaient la sonnerie.

Miss Martel tira de son bureau un grand morceau de carton blanc quadrillé. Chaque case, soigneusement numérotée, désignait un pupitre. Elle m'assigna un numéro et me montra
50 aimablement ma place.

Je commençai à m'installer aussitôt à mon nouveau pupitre, rangeant amoureusement dans le rayonnage, placé sous l'écritoire, ma boîte à couleurs, mon cahier tout récemment rempli de papier blanc, et d'autres affaires, y compris un vieux pétard
55 que je gardais, bien qu'il fût éteint, à cause de son agréable odeur de poudre à fusil.

La sonnerie électrique se déclencha enfin, et me remplit à la fois de joie et d'appréhension[2]. J'entends encore cette sonnerie morne[3], un peu militaire.
60 Très vite, garçons et filles, emmitouflés, un peu trop bien habillés, inondèrent l'entrée, accrochèrent leurs manteaux, moufles et écharpes dans l'armoire et prirent place.

D'abord Miss Martel nous fit lever tous simultanément. Puis elle sortit un diapason[4] minuscule, nous souffla le « la » et diri-

1. Aux États-Unis, chaque élève dispose d'une armoire personnelle pour ranger ses affaires.
2. Crainte.
3. Triste.
4. Instrument en forme de fourche qu'on fait vibrer afin de donner le ton.

65 gea la petite chanson « Bonjour » qui, selon elle, devait faire merveille pour nous mettre « de bonne humeur » et pour « bien commencer la journée ».

Dès que tout le monde se fut assis à nouveau, Miss Martel, croyant bien faire, me dit gentiment d'aller devant la classe afin 70 de me « présenter ». De sa voix éteinte mais sur un ton très sociable – car il fallait, dans cette école, apprendre à être « sociable » – elle articula :

– Mes enfants, je vous présente un nouvel élève que nous sommes très heureux d'accueillir parmi nous. Je veux que vous 75 soyez gentils avec lui. Il s'appelle...

Jamais elle ne put terminer. Un tollé[1] de rires, pareil à une épidémie, se répandait dans toute la classe.

Je ne savais pas quoi faire de mes mains. Tantôt je les mettais dans mes poches, tantôt derrière mon dos. J'examinai mes vête- 80 ments, mais je n'y trouvai rien de bizarre. Sur ma figure je sentais une expression mal définie, qui hésitait entre l'indifférence affectée[2] et le sourire gêné. Puis, reprenant soudain conscience du pli oblique qui barrait ma lèvre, j'optai pour l'indifférence. Je devais avoir l'air d'un personnage de vaudeville[3], à la fois 85 triste et ridicule. Moi aussi, je ressentais la démangeaison du rire. Mais l'envie de pleurer était plus forte, car ce qui dominait dans cette gaieté, ce n'était pas la gentillesse. Pourtant je ne ris ni ne pleurai.

---

1. Clameur.
2. Simulée.
3. Pièce comique légère et divertissante.

Quand la contagion s'apprêtait d'un côté à s'éteindre, elle
90 renaissait de l'autre. Afin d'éviter les grimaces des élèves, mes
yeux s'affolaient, cherchaient un objet sur quoi se poser. Ils s'arrêtèrent momentanément sur la corbeille à papier, grosse et
vide, puis se fixèrent enfin, au mur, sur le taille-crayon dont le
gros ventre en celluloïd[1] transparent s'arrondissait des miettes
95 d'innombrables crayons[2]. Mais la contemplation de cette
chose, avec sa manivelle immobile, ne faisait qu'accentuer mon
impression d'isolement.

Étais-je d'une nature à souffrir quoi qu'il arrivât? Étais-je un
enfant anxieux et tourmenté outre mesure? Je ne le crois pas.

100 La voix enrouée, toussotante, de Miss Martel se fit entendre:
– Allons, allons, taisez-vous! Vous êtes très mal élevés. Mais
taisez-vous! Vous n'êtes vraiment pas gentils!

Les rires diminuèrent enfin, plus par lassitude que par obéis-
sance. Heureuse dispense pour ceux qui la reçoivent: même la
105 cruauté se lasse.

Sur la quarantaine d'élèves que contenait la salle, il y en avait
quelques-uns qui n'avaient pas ri, dont une fille légèrement
bossue, et aussi Willy. J'avais à peine remarqué, parmi ceux qui
évitaient de faire chorus[3], un certain garçon blond, long et
110 mince, avec de grandes oreilles décollées. C'était Willy. Sur le
moment, je lui avais prêté peu d'attention, mais depuis, à force
de mémoire, j'ai réussi à retrouver son image de ce jour-là.

---

1. Matière plastique.
2. Aux États-Unis, dans chaque classe, il y a un taille-crayons fixé au mur.
3. Être du même avis.

À la sortie de l'école, je reconnus Bubby à son petit bonnet de cuir marron doublé de fourrure. Il n'avait pourtant pas eu de

115 classe cet après-midi.

– Qu'est-ce que tu fais là ? Tu m'attendais ? Tu n'es pas revenu spécialement pour me chercher ?...

Il levait les yeux vers moi, guettant dans les miens quelque indication de l'expression à prendre, de la réponse que je dési-

120 rais entendre. Ses mains, entraînées presque par le poids de mes moufles, trop grosses, qui lui avaient été léguées, cherchaient à s'exprimer.

– Oui... dit-il enfin.

Risquant une punition sévère de nos parents, qui ne lui per-

125 mettaient pas de trop s'éloigner de la maison, il avait su retrouver son chemin jusqu'à l'école pour me raccompagner. Seulement pour me voir. Il est de tels moments où les êtres n'ont pas besoin de paroles – et Bubby eût été bien incapable de les trouver.

130 Nous rentrâmes donc côte à côte, dans la neige. Pas un mot ne fut prononcé. Mais de temps en temps il me souriait, cherchait dans mes yeux je ne sais quelle approbation[1], quelle sympathie. Pour moi, ce regard compensait toutes les moqueries de la classe, mieux que cela, les rachetait, les effaçait.

135 Ce moment où nos pas s'étouffaient dans la neige, où le crépuscule[2] prématuré de décembre atténuait déjà l'aveuglante

---

1. Accord.
2. Tombée de la nuit.

blancheur du paysage, ce moment demeure pour moi le sym-
bole de ce qu'aurait pu devenir notre affection.

Nous étions convenus, Bubby et moi, pour le couvrir[1], de
140 dire à nos parents que je l'avais trouvé non loin de la maison.
Juste avant d'ouvrir la porte d'entrée, il leva ces deux moufles
énormes et répéta encore :

– Elles étaient à toi, tu sais, ces moufles...

Pendant le dîner, maman m'interrogea :

145 – Je t'ai déjà demandé plusieurs fois comment ç'avait marché
à l'école ce premier jour, mais tu ne me réponds pas... Il y a
quelque chose qui ne va pas ?

Je demeurai silencieux.

– Allons, raconte, enchaîna enfin papa qui avait souvent
150 besoin de l'intuition[2] de maman pour s'apercevoir des sentiments ou des chagrins des autres.

– Papa et moi, nous t'écoutons, raconte donc, insistait
maman, posant sa fourchette. Nous sommes là pour ça.

Alors, je racontai la scène. Ces quelques instants – instants
155 qui m'avaient semblé si longs – pendant lesquels, d'un air
emprunté, j'avais attendu, planté devant une classe convulsée
d'hilarité[3].

– C'est tout ? demanda-t-elle, affectant, pour me rassurer, d'y
attacher très peu d'importance. Mais ça peut arriver à n'im-
160 porte qui, voyons ! Les enfants sont souvent bêtes comme ça,

1. Mettre à l'abri de la punition.
2. Pressentiment.
3. Tordue de rire.

mais ils ne le font pas exprès. Ils ne savent pas. Demain ils auront déjà tout oublié, et puis...

– Es-tu bien sûr, interrompit mon père, que tu ne les as pas un peu provoqués ?

165   C'était bien là une attitude à lui ; souvent papa disait qu'en toutes choses, il fallait commencer par s'examiner soi-même.

– Ce n'est rien, insistait maman, des choses pareilles me sont arrivées à moi aussi.

– Pas à moi, dit Bubby, faisant écho.

170   Des quelques paroles échangées à table ce soir-là, j'ai surtout retenu, et retiendrai toujours, celles de maman : « Nous t'écoutons. Nous sommes là pour ça. » Ainsi, quoi qu'il m'arrivât, il me resterait toujours ce foyer, ce refuge.

La cuisine était pour moi une sorte de confessionnal[1]. Quand 175 j'y allais, souvent c'était pour une consultation ou pour un aveu. Ainsi, pendant que j'aidais maman à essuyer la vaisselle – corvée dont il m'arrivait de me plaindre, mais que j'aurais bien regrettée si on me l'avait ôtée – je lui livrais le fond de mon cœur. Même quand papa montrait de l'impatience et préférait son journal ou la 180 radio à mes confidences, maman écoutait toujours inlassablement.

À cette époque, je n'en étais pas encore au mensonge. Je pouvais leur dire ce qui me passait par la tête, vider mes chagrins. Je pouvais *tout* leur dire. Un grand privilège. Rares sont les êtres à qui l'on peut tout dire. Lorsqu'on n'a plus personne pour cela, 185 alors on est affreusement seul.

---

1. Lieu où les catholiques vont avouer leurs fautes au prêtre.

« Raconte, mon garçon. Nous t'écoutons. Nous sommes là pour ça. »

Encore faut-il pouvoir...

BIEN LIRE

CHAPITRE 3
• Quels sont les premiers éléments du portrait de Willy ?
• Quelles indications nous sont données sur les liens entre les parents de l'enfant ?
• Comment interprétez-vous la dernière phrase du chapitre.

4

En dépit des prévisions rassurantes de mes parents, les élèves ne changèrent pas d'attitude à mon égard. Ils me montraient toujours une figure plus ou moins maussade[1]. Les démonstrations d'hostilité[2] étaient rarement flagrantes[3], les attaques rarement directes. Mais il persistait chez eux je ne sais quel refus obstiné de m'admettre. Les allusions à ma lèvre, à ma maigreur, étaient très fréquentes. Aux questions qu'on me posait je répondais en toute innocence :

— Je suis tombé sur un jouet quand j'avais treize mois...

— Un jouet ! Quel genre de jouet, je me demande !

— Sais pas. Quelque chose en métal, je crois...

— Je pense bien ! Enfin, pour t'esquinter[4] comme ça...

Cette question à propos de ma lèvre, certains la répétèrent plusieurs fois. Sans doute avaient-ils la mémoire courte...

Devant ce refus de plus en plus confirmé à mesure que les jours s'écoulaient, je m'étais mis en tête une seule idée : me faire accepter. C'était la seule chose qui comptait pour moi. Je m'ingéniais à trouver des moyens de plaire. Avait-on oublié, dans le gymnase, un morceau de craie pour dessiner par terre un jeu de base-ball[5] supplémentaire ?

---

1. Revêche, hostile.
2. Agressivité.
3. Évidentes.
4. Abîmer.
5. Sport typiquement américain composé de deux équipes.

– Je retourne le chercher, disais-je.

– Peuh ! Tu ne saurais pas le trouver. J'y vais.

Même réponse s'il m'arrivait d'offrir d'aller chercher une balle, un gant de « catcheur[1] » oublié.

25   – Toi ? Je n'ai pas confiance, j'y vais moi-même.

Tous mes efforts furent vains[2]. Au contraire, j'avais l'impression qu'on me méprisait d'autant plus.

Il neigeait presque tous les jours. En ce mois de décembre, la neige, malgré la proximité de la rivière du Missouri, était si
30 sèche et le vent si fort qu'il balayait le champ de récréation le plus proprement du monde. La terre avait durci comme du ciment. Par endroits, d'anciennes flaques de boue étaient devenues des patinoires où s'amusaient les filles. D'autres jouaient à la corde, aux anneaux, aux balançoires. Aucun garçon n'aurait
35 osé se mêler à leurs jeux, quelle qu'en fût son envie, de peur de se déshonorer aux yeux des copains. Dès que la sonnerie annonçait l'heure de la récréation, tout le monde allait jouer au même jeu, au même endroit, avec les mêmes amis. Dans ce petit univers, chacun semblait avoir son rôle, comme dans une
40 mécanique bien réglée – mécanique où il ne restait guère de place pour des éléments nouveaux comme moi.

Les garçons commençaient toujours une partie de base-ball. Et moi, toujours à l'écart, je regardais. Souvent je leur deman-

---

1. Il s'agit d'un anglicisme, formé sur le verbe « to catch » qui signifie « attraper ». Le « catcheur », muni d'un gros gant en cuir, est celui qui doit récupérer la balle lancée par le « batteur » (celui qui a la batte).
2. Inutiles.

dais si je pouvais jouer avec eux. Ils me répondaient invariable-
45 ment, d'un ton laconique[1], que les équipes étaient complètes.

Un jour, Miss Martel, grelottante de froid, fit une sortie rapide
et vit que, comme à l'ordinaire, je ne participais pas aux jeux.

– Il faut que vous laissiez Jeff jouer aussi. Je vois bien que
vous ne voulez pas de lui. Pour sa santé, lui aussi a besoin
50 d'exercice. Alors, soyez gentils, laissez-le jouer.

Comme toujours, les bonnes intentions de Miss Martel, ses
interventions en ma faveur avortèrent[2].

De la part des élèves, les gémissements de protestation furent
immédiats :
55 – Oh, Miss Martel, pourquoi ?

– Il le faut vraiment ?

– Oh zut !

– D'ailleurs il ne sait pas, cria un grand roux.

– L'avez-vous jamais vu jouer ? Non ? Alors, qu'en savez-
60 vous ? Allons, soyez gentils.

À ce moment-là, je sentais tous les yeux, pleins de défi[3], se
braquer sur moi, sur l'intrus[4] qui prétendait déranger le clan. Je
dois l'avouer, j'eus tort de m'énerver. Malheureusement, je
n'avais que trop conscience de vivre un moment décisif et ma
65 nervosité m'empêcha de faire ce que, autrement, j'aurais pu
réussir sans trop de mal.

---

1. Bref.
2. Échouèrent.
3. Provocation.
4. Celui qui n'est pas à sa place.

On me lança la balle. Je la ratai. Huées, applaudissements, sifflets.

Une deuxième fois on me lança la balle. Une deuxième fois
70 mon « bat[1] », tranchant l'air, la manqua. Nouveaux sifflets, nouvelles clameurs :

– Bravo ! Parfait !

– Quel champion !

Et ainsi de suite, sans résultat, jusqu'au moment où je dus
75 céder mon tour à un autre. L'équipe adverse me félicitait, alors que la mienne protestait, prétendant que ce que j'avais fait était nul, ne comptait pas.

Tous, quelle que fût l'équipe, semblaient rassurés, contents d'avoir prévu l'échec.

80 Quant à Miss Martel, elle n'insista pas davantage. Elle ne prenait jamais de sanctions sérieuses. Sa timidité provenait peut-être du fait que, selon des ragots[2] d'élèves, l'institutrice précédente avait été « balancée », parce que « trop vache » avec eux. Aussi une coalition[3] de mères d'élèves avait eu vite fait de
85 la vider sous prétexte qu'elle était trop nerveuse pour enseigner.

De ce jour, on me surnomma officiellement « celui qui ne sait pas ». Chaque fois qu'il était question de former des équipes, on se battait littéralement pour éviter une certaine minorité d'indésirables dont je faisais partie.

90 Chose curieuse, cet unanime accord contre nous autres, les

---

1. Nom anglais de la batte de bois du base-ball.
2. Commérages, médisances.
3. Alliance, association.

exclus, consolidait « leur » unité, « leur » coopération. Se cha-
maillaient-ils entre eux ? Il suffisait que leur regard tombât sur
l'un de nous et immédiatement ils étaient réconciliés. Aucun
sujet de discorde ne tenait devant l'hostilité compacte[1] qui
95 cimentait leurs alliances. Nous servions de prétexte à tout
dégorgement[2] de haine, de cible à tout excès de méchanceté.

Oh, bien sûr, je n'étais l'objet que d'une haine très relative,
petite haine gentille et inconsciente, mais vigilante[3]. Ils étaient
toujours d'accord pour dire, en rigolant, et souvent avec plus de
100 bonne humeur que d'inimitié[4] véritable :

– Oh lui, il ne sait pas !

– Lui ne peut pas.

– Oh, non, surtout pas, nous n'en voulons à aucun prix !
Grosse-lèvre, on vous le donne gratis !

105 Avec une rapidité étonnante, ils avaient découvert ce surnom : « Grosse-lèvre ».

Jamais je ne me suis senti aussi affreusement seul que sur ce
champ de récréation, proscrit[5] de ces jeux, de ces cris.

Il y avait cependant une exception. Quand, inspirés par les
110 événements, ils jouaient à la guerre, ils avaient besoin de morts.
C'était un rôle qu'ils m'offraient sans réticence[6], car aucun
n'était volontaire. Quelqu'un disait :

---

1. Dense.
2. Déversement.
3. Qui fait preuve d'une surveillance soutenue.
4. Hostilité moins forte que la haine et plus forte que l'antipathie.
5. Exclu.
6. Sans réserve, sans problème.

    – Tiens, si on s'amusait à jouer à la guerre, d'accord?
Seulement il faut promettre de tomber raide mort si on est tou-
115 ché...
    – Ah zut, c'est dur par terre. Ça fait mal...
    – Ça ne fait rien, c'est le jeu.
    Mais en fin de compte, lorsqu'on était touché, on ne voulait
pas tomber.
120   – Tu triches! Je t'ai eu!
    – Pas du tout. La balle m'a à peine frôlé.
    Moi, au contraire, pour leur faire plaisir et pour qu'on me
redemandât de jouer, je tombais au premier « coup » en gémis-
sant, en me tordant tant que je pouvais. Alors, on venait
125 « m'achever » à l'endroit où, étendu dans la neige, j'attendais
qu'on vînt me ranimer pour la prochaine partie.
    Quand on jouait au base-ball, mon rôle était moins impor-
tant. Je me tenais souvent derrière le grillage qui clôturait le
champ, et j'attendais avec impatience le moment où la balle le
130 survolerait, ce qui me donnait l'occasion d'aller la ramasser et
la renvoyer. Ces instants m'emplissaient d'une joie telle que
parfois je n'arrivais pas du premier coup à la relancer par-dessus
le grillage, ce qui évidemment provoquait une grande hilarité.
    – Tu parles d'un as!
135   – Bis! Bis! Bravo!
    – Il n'est même pas bon à ramasser la balle, quelle dinde!
    J'avais pourtant ma petite utilité et certains, pour me garder
dans cette fonction de ramasse-balle, daignaient m'accorder

parfois, en tête à tête, un mot de remerciement, murmuré avec
140 réticence.

Je ne cessais, derrière mon grillage, d'encourager les joueurs
avec des gestes ou des cris :

– Allez-y ! Cours vite, plus vite ! Vise bien !

Mais ces cris, je prenais soin de ne pas les pousser trop fort,
145 de peur qu'on ne me lançât brutalement, comme on l'avait déjà
fait :

– Oh, tais-toi, idiot, tu nous barbes[1] !

---

1. Ennuies.

BIEN LIRE

CHAPITRE 4
• **Montrez les efforts que fait Jeff pour s'intégrer.**
• **L. 90-91 : « [...] Nous autres, les exclus » ; quel est
le sens de cette expression ?**
• **Jeff est désigné pour faire le « mort » et pour
ramasser les balles. Pour quelles raisons, d'après
vous ?**

5

À l'époque, je ne connaissais Willy que de vue. Lui ne s'asso-
ciait jamais aux manifestations d'hostilité. Sans être tout à fait
aussi « populaire[1] » que les grands rigolards[2] sportifs, il savait très
bien se faire respecter (et même aduler, puisqu'il était bon joueur
5 de base-ball...) tout en gardant un air indépendant et plus mûr.

Personne n'aurait osé l'appeler « Grosses-oreilles », bien que
ce surnom lui eût été mieux applicable encore que « Grosse-
lèvre » à moi. Pourquoi ? Par admiration pour ses prouesses[3] ?
Non, la raison, plus simple, plus primaire résidait dans un sen-
10 timent qui n'est pas réservé aux humains : la crainte. Willy était
aussi fort que les plus forts, et voilà tout.

Vint enfin cet après-midi que je ne pourrai jamais oublier. À
la récréation, les garçons avaient décidé, par exception, de remplacer le base-ball par « l'Homme sur la Montagne ». À l'autre
15 bout du champ de base-ball, non loin de l'endroit où les filles
jouaient à la marelle, il y avait une pente très forte. Ç'avait dû
être, à l'origine, une pente douce, mais afin d'égaliser le niveau
de l'ensemble, on avait fait des déplacements de terre, créant
ainsi, sur un côté, cette déclivité[4]. L'herbe n'y poussait pas, tant
20 on y jouait, glissait, courait.

---

1. Si le mot signifie en français « qui vient du peuple », c'est ici un anglicisme. Le mot est formé par
l'adjectif anglais « popular » qui signifie « qui a du succès ».
2. Rigolos (mot familier).
3. Exploits.
4. Pente.

Des ormes séculaires[1], en haut de la pente, découvraient, à l'endroit des excavations[2], leurs racines. C'est là que je m'étais assis, à l'écart : comme d'habitude ils n'avaient pas voulu de « Grosse-lèvre ». Je contemplais tantôt la poussée noueuse et
25 tourmentée des racines, tantôt les garçons qui se démenaient. Le jeu était rude, haletant, ils poussaient cris et grognements :

    — Tiens, tu vas voir !

    — Tricheur ! Tu me paieras ça !

    « L'homme sur la Montagne » consistait à entraîner au bas de
30 la pente ceux qui défendaient le haut et à prendre leur place.

Un peu transi[3] de froid, j'enfonçais les mains dans mes poches. Mon regard, quittant la racine sur laquelle j'étais assis, fut attiré vers le tronc, les premières branches, enfin jusqu'à la cime. Ces brindilles, noires et dépouillées sur le bleu froid du
35 ciel, me firent penser à la planche du système capillaire[4], dans le gros dictionnaire de classe. Puisque j'étais brouillé avec Dieu depuis l'autre jour, j'essayai de chasser l'idée persistante que ce bel orme, ce beau ciel, c'était Lui qui les avait faits.

    — Qu'est-ce que tu regardes ? Tu es dans la lune ? Viens jouer
40 avec nous.

Je ramenai mon regard. Celui qui avait parlé, c'était Willy, avec sa mèche de cheveux blonds dans les yeux, ses grandes oreilles rougies par le froid et par le jeu.

---

1. Qui ont plusieurs siècles.
2. Trous creusés dans le sol.
3. Engourdi.
4. Qui est relatif aux cheveux ; « la planche du système capillaire » est une illustration représentant les organes et les tissus constituant la chevelure.

– C'est à moi... que tu parles ? hasardai-je.

45 – Bien sûr, viens !

J'étais si surpris, si heureux, que je restais comme un imbé-cile à le regarder tristement. Ma joie était telle que je ne pou-vais même pas sourire. Des copains qui avaient entendu gro-gnèrent, protestèrent vaguement, sans pourtant oser insister.

50 – Alors... qu'est-ce que tu attends ? Tu viens, non ?

Tout à coup, dans un élan presque fou, voyant à peine ce que je faisais, je me lançai à l'assaut de Willy qui, Homme sur la Montagne, tenait ferme le haut de la pente.

Je l'encerclai, immobilisai ses bras contre ses côtes et le serrai
55 de toutes mes forces, cherchant à lui faire un peu mal, pas trop, comme un chiot qui gronde et mordille son frère par jeu.

– Eh, tiens ! Jeff a beau être petit, cria-t-il à la cantonade[1], il est plus fort qu'on ne le pense !

Ensemble nous dégringolions la pente. Et j'avais l'air de l'avoir,
60 à moi tout seul, entraîné jusqu'en bas. À côté, les copains, qui jouaient de plus belle, ne donnaient pas l'impression d'avoir remarqué. Néanmoins, l'incident avait porté : tout en restant lointains, ils devinrent, dès ce jour, de moins en moins hostiles.

Je n'ai jamais su exactement pourquoi Willy m'avait appelé
65 ce jour-là. Sans doute par pitié. Un peu aussi, peut-être, pour montrer son indépendance par ce geste qu'aucun autre, crai-gnant l'esprit de clan[2] n'aurait osé. Mais surtout parce que son cœur avait dû lui dire combien j'étais seul.

---

1. Assez fort pour être entendu de tout le monde.
2. Mentalité de ceux qui partagent les mêmes opinions.

L'expression de mon bonheur devait être un peu embarras-
70 sante. Il évitait de me regarder dans les yeux. En même temps,
il réprimait[1] un sourire, comme ces gens qui prétendent ne pas
aimer qu'on leur dise merci.

Dès cet instant, nous commençâmes à sympathiser. À la fin
de la récréation, nous rentrâmes en classe ensemble.

75 Quelques heures plus tard, en sortant de l'école – je lui avais
demandé où il habitait – je me dirigeai vers la maison de Willy,
située comme la mienne du côté « moins bien » de Vrain Street.
Cela me détournait pas mal de mon chemin. Dans l'espoir de
le rencontrer, je m'attardai. Bientôt, je l'aperçus pas très loin
80 derrière moi, mais je fus aussitôt déçu : un camarade l'accom-
pagnait. C'était un certain Ronald, un garçon avec du duvet
noir aux joues, qui répétait volontiers qu'il était fils de médecin. Lui, comme les autres, m'avait appelé « Grosse-lèvre »,
s'était moqué de moi. Je me décidai à les attendre quand même
85 et les laissai me rejoindre.

– Ne m'as-tu pas dit tout à l'heure que tu avais un vélo, Jeff ?
demanda Willy. Je croyais...

– Oui, mais parfois je le laisse à la maison.

C'était vrai : de temps en temps j'allais à l'école à pied, mais
90 ce jour-là, en fait, j'avais pris ma bicyclette pour venir.
J'imaginais déjà la comédie que j'allais jouer à mon père en prétendant l'avoir « oubliée » à l'école.

Pendant que nous marchions tous les trois ensemble, moi je

---

1. Essayait de dissimuler.

ne parlais pas beaucoup. Je me sentais un peu étranger à cette
95 conversation sur le base-ball, puis sur les divers nœuds qu'ils
devaient apprendre pour leur prochaine réunion de scouts. Ils
s'exerçaient, tout en marchant, avec un bout de corde.

Willy me mettait toujours à l'aise, me donnait cette impression chaleureuse, longtemps désirée et si nouvelle, d'appartenir.
100 Tantôt, en parlant du base-ball :

– Et toi, Jeff, qu'en penses-tu ? Les *Somerset Tigers*, c'est une
bonne équipe, à ton avis ? Avec ces deux nouveaux, Mason et
Liggett, ça promet pour le printemps prochain, tu trouves pas ?

Tantôt :
105 – Tiens, Jeff, si tu veux, je t'emmènerai à une réunion de
scouts. Qui sait, tu voudras peut-être devenir membre ? C'est
passionnant, tu sais, excursions à la campagne, camping...

Ronald, lui, ne faisait aucun effort pour m'accepter.
Pourtant, j'avais l'impression qu'il ne me refusait pas et j'aimais
110 à penser que c'était parce qu'il avait attrapé un peu de cette
bonté contagieuse de Willy.

Un moment, comme ils avaient une discussion sur la différence entre les nœuds de bouline[1] doubles et simples, je perdis le
fil ; je revivais l'instant où j'avais serré dans mes bras « l'Homme
115 sur la Montagne », l'instant où il avait crié : « Tiens, Jeff est plus
fort qu'on ne le pense ! » Je me répétais cette phrase très simple,
qui semblait contenir une grande beauté. Comme j'étais fier de
connaître Willy ! Comme j'étais heureux ce jour-là !

---

1. Cordage.

– Tu es encore dans la lune ? me disait Willy.

120   – Comment ?

– Je viens de te demander, répéta-t-il, si tu collectionnes les timbres ?

– Oui, toi aussi ? Tu me les montreras un jour, les tiens ?

– Si tu veux, d'accord. Si tu as des doubles, nous pourrions faire
125 des échanges... Tu en as du Guatémala[1], les oiseaux tropicaux ?

– Non, répondis-je après réflexion. Et toi ? Oui ? J'aimerais beaucoup les voir. Et des *Noyta*, tu en as, toi ? Mais si, tu sais, des timbres russes.

– Qu'est-ce que ça veut dire : *Noyta ?* interrompit Ronald.

130   – C'est russe pour dire timbre.

– Mon œil !

– Mais si, comme *Postes* qui veut dire timbre en français, ou comme *Suomi* en finlandais.

Et, avant que Ronald pût de nouveau protester, je me tour-
135 nai vers Willy :

– Quel est le plus vieux timbre que tu aies ?

– Un autrichien, c'est mon...

– Quoi, ton timbre « transparent » ? interrompit de nouveau Ronald. Peuh, je connais. Il n'est pas vraiment transparent.

140   – Si, presque.

– Quel âge a-t-il ? Quelle année ? demandai-je.

– Sais pas exactement, répondit Willy, 1865, par là.

Je répétai la date, m'émerveillant de l'étrange pouvoir qu'elle avait sur moi :

---

1. Pays d'Amérique centrale.

145 — Oh, c'est très vieux, ça, 1865...

— Mais... reprit soudain Willy. Est-ce que c'est bien ta direction ? Où habites-tu au juste ?

Quand je le lui dis, il s'étonna :

— Mais tu aurais dû prendre à gauche il y a déjà longtemps.
150 Tu t'éloignes beaucoup !...

Je faillis répondre que cela m'était égal. Mais je n'osai pas et, de peur de l'importuner, m'apprêtai, avec regret, à le quitter.

Willy, me retenant par le bras, fouilla rapidement dans ses poches :

155 — Attends, je cherche... Tiens, prends ça pour ta collection. C'est un timbre « pagode[1] ».

— « Pagode » ?

— Enfin japonais, je veux dire.

— Oh merci !

160 — Je l'empochai avec soin. En rentrant tout seul, je me disais que Ronald avait tout de même beaucoup de chance de connaître Willy. Je faisais de grands projets d'amitié, non sans m'inquiéter un peu : la présence de Ronald n'allait-elle pas nous gêner ?

Subitement, j'eus envie de courir, courir. Le grincement de la
165 neige sous mes galoches[2] semblait faire un bruit tout nouveau, intime, amical. L'air, si froid qu'il fût, ne semblait plus mordre, il me caressait le visage. Enfin je m'arrêtai, hors d'haleine et me laissai tomber dans un monceau de neige tassé dans un coin de mur. Je sentais monter en moi un grand rire fou que j'étais trop

1. Temple d'Extrême-Orient.
2. Chaussures de caoutchouc que l'on met, quand il pleut, par-dessus les chaussures de ville.

170 épuisé pour libérer. Je voulus faire des boules, mais la neige était trop sèche. Alors, j'en pris plein mes mains et la lançai en l'air de toutes mes forces. Elle retomba doucement sur mes épaules.

Puis je me levai, ramassai mon cartable. Au trottoir, j'avais toujours préféré des chemins détournés, connus de moi seul et 175 qui passaient par des jardins privés. J'aimais les grosses haies qui, souvent, étaient leur seule clôture, et sous lesquelles, petit et maigre comme j'étais, je glissais sans difficulté.

Dans un jardin dont je connaissais vaguement la vieille propriétaire, je vis une tache rose au milieu de la neige. C'était un 180 grand morceau de quartz[1]. Il semblait faire partie d'un alignement de pierres disposées en carré qui, à la belle saison, devaient servir de bordure à quelque massif de fleurs. Je me penchai pour voir ce quartz de plus près. Ses cristaux[2] se dressaient, pensais-je, un peu comme les pics de montagnes dans 185 mon livre de géographie. Comme Bubby serait heureux de l'avoir dans sa collection ! J'hésitai d'abord à le prendre. Puis, me disant que la propriétaire pourrait trouver autre chose pour le remplacer je tentai impatiemment de le déloger. Mais le quartz rose, pris dans le sol gelé, ne venait pas.

190   – Bonjour, mon petit.

La propriétaire avait ouvert sa porte. J'allais prendre la fuite quand je devinai, à je ne sais quelle inflexion[3] dans sa voix, que je pouvais lui demander n'importe quoi.

---

1. Pierre translucide.
2. Minéraux de forme géométrique.
3. Modification du ton.

– Madame, je... c'est-à-dire mon petit frère Bubby, vous
savez ? Il aime les belles pierres ; il les collectionne et...

– Et tu veux lui offrir celle-là ? Eh bien, prends-la et donne-la-lui.

– Oh merci ! seulement...

Je sentais bien que je me trahissais, mais je le dis malgré moi :

– Elle ne vient pas, elle est collée dans la terre. La vieille dame
sortit lentement, prit une pelle dans la soupente[1] et dégagea le
beau quartz rose. En m'éloignant, je me retournai plusieurs fois
pour la remercier. Elle resta près de la porte, me regardant longuement avec une étrange douceur.

Donc, abandonnant ce trou dans la rangée de pierres, j'em-
portai le quartz à la maison, heureux à l'idée du cadeau que j'allais faire. Bubby partagea ma joie :

– C'est la plus belle pierre de ma collection ! De beaucoup !
Oh, regarde comme il est beau !

Un rayonnage, presque en bas de l'escalier qui menait au
sous-sol, avait été réservé à Bubby pour l'étalage de ses pierres.
Car maman disait que, s'il les mettait dans sa chambre, elles
abîmeraient les meubles et le plancher.

Le quartz rejoignit donc ce petit musée de pierres de toutes tailles
– grès et silex, marbres et pyrites, et aussi quelques coquilles[2]. Cette
collection, c'est moi qui l'avais commencée, mais je la lui avais
léguée au moment où je m'étais lancé dans les timbres.

---

1. Petite pièce située sous un escalier.
2. Coquillages.

– Où l'as-tu trouvé, Jeff? demandèrent mes parents qui aimaient toujours savoir.

220   Je commençais à m'expliquer quand soudain je crus deviner chez eux quelque vague soupçon.

Je fus un peu piqué :

– Vous croyez que je l'ai volé?

– Mais non, Jeff! protestait maman, sincère. Nous sommes 225 curieux de savoir, voilà tout. Au contraire, ce qui me touche, c'est ce geste, c'est d'avoir pensé à ton frère. Tu es bon. C'est très bien.

– J'y pense souvent, interrompit mon père. Nous avons vraiment des raisons d'être fiers de nos garçons. Il y a tant d'enfants 230 qui tournent mal en ce moment. Pas plus tard que ce soir, je lisais dans ce journal... tiens, regarde cet article. Il s'agit de trois petits voyous de onze ans – onze ans, tu m'entends! – qui ont cassé les vitres d'une villa, comme ça, pour se distraire! Si j'avais des enfants pareils, je leur flanquerais une de ces volées!

235   Ces paroles, et aussi le ton sérieux dont papa les prononçait, me remplirent de crainte.

Nos parents en effet étaient très fiers de Bubby et de moi. Souvent ils nous vantaient devant leurs amis, leurs voisins.

Mais l'inlassable curiosité de maman suivait une nouvelle piste : 240   – Tu as l'air heureux aujourd'hui, Jeff, tes yeux brillent, tu ne peux pas rester tranquille une seconde... Je parie que c'est arrangé à l'école, qu'on commence à être gentil avec toi, non?

– Peut-être...

Ma première idée fut de garder pour moi le secret de mon
245 amitié avec Willy. Puis, soudain, je ne me contins plus. Dans
un flot continu de paroles incohérentes[1], je racontai l'histoire
de « l'Homme sur la Montagne » et du timbre « pagode ».

En même temps, je sentais ma joie, contagieuse, se communiquer à mes parents ; ils ne demandaient qu'à la partager. S'ils
250 « étaient là » – comme aurait dit maman – pour les chagrins, ils
étaient là aussi pour le bonheur.

– Tu vois, tout s'arrange. Oh mon petit Jeff, comme je suis
contente pour toi ! s'écriait maman, alors que papa m'attirait
contre lui, et, de sa grosse main affectueuse, me dérangeait les
255 cheveux.

Eux aussi étaient touchés par la bonté de Willy. Ainsi, ce
geste si simple se multipliait. Bubby, nos parents et moi, nous
étions plusieurs à en bénéficier.

---

1. Qui n'ont aucun sens.

BIEN LIRE

CHAPITRE 5
• **Quelles sont les ressemblances entre Jeff et
Willy ? Quelle est, cependant, leur différence
essentielle ?**
• **Pourquoi le « quartz » fascine-t-il Jeff ?
Montrez qu'il essaie bel et bien de le voler.**
• **Comment les parents de Jeff interprètent-ils
son geste ? Qu'en pensez-vous ?**

6

Quelques semaines s'étaient écoulées depuis la première nuit dans notre nouvelle maison. Plus de caisses dans ma chambre. Sur le plancher, un tapis à carreaux blancs et bleus, choisi par maman, et aux dix fenêtres, des rideaux beiges faits par elle, à
5 la machine à coudre.

Pour l'unique mur sans fenêtres, elle m'avait donné un dessin au pastel[1] représentant trois roses thé. La marotte[2] de maman, c'étaient les pastels de fleurs qu'elle exécutait sur du papier velours d'importation française acquis à grands frais –
10 son seul luxe.

Papa aussi avait sa marotte. Le dimanche, il aimait faire de l'ébénisterie[3] au sous-sol. Avec un grand assortiment d'outils, il réussissait très bien. Il venait de terminer une petite commode, dont il me fit cadeau. Mon premier geste fut d'en réserver un
15 tiroir tout entier pour mes timbres. Souvent, quand j'avais contemplé mon album page après page, je me plaisais à imaginer que je serais un jour un « grand collectionneur », comme M. Sandt, notre ancien voisin. Depuis notre déménagement, je le voyais moins, car il me fallait traverser tout Somerset pour lui
20 rendre visite.

C'était un vieil horloger retiré. Il avait possédé, pendant plus

---

1. Fait avec des couleurs claires et douces.
2. Manie, passe-temps.
3. Fabrication de meubles en bois.

de quarante ans, une boutique en plein centre. Mais depuis sa retraite et la mort de sa femme, il menait une vie isolée et triste. Allemand naturalisé[1], il avait le regard très bleu, honnête et
25 fier ; une grosse moustache d'un blanc argenté, celle des vieillards qui ont été blonds.

Son visage carré me faisait penser à une tête que je voyais sur certains de mes timbres allemands. Un jour je lui en avais fait la remarque. Il avait ri en protestant, avec son accent très mar-
30 qué :

– Mais non, je n'ai pas la tête d'un Hindenburg[2], moi !

Ravi de saisir ce prétexte pour retenir un jeune visiteur quelques instants de plus, il m'avait montré, dans sa collection, toute la série portant l'effigie de celui qui me paraissait son
35 sosie[3].

Il était resté, en dépit des années et du régime d'alors[4], très attaché à son pays et surtout à Lübeck[5], sa ville natale. Il avait une très belle collection de pièces d'or allemandes et quand il me montrait tel thaler[6] du XVe siècle, tel florin[7] de saint
40 Georges terrassant le dragon, il savait aussi me donner, sur leur origine, des explications passionnantes. Je n'osais les prendre que par la tranche, car M. Sandt disait toujours que ceux qui

---

1. Qui a acquis la nationalité du pays où il réside.
2. Maréchal allemand (1847-1934), qui fut président du Reich et qui fit appel à Hitler au poste de chancelier en 1933.
3. Portrait, double.
4. Il s'agit du régime nazi.
5. Ville d'Allemagne.
6. et 7. Monnaies.

faisaient autrement « ne sauraient jamais manipuler les pièces de monnaie ».

45 Un jour que je m'extasiais[1] un peu trop sur un magnifique thaler de Lübeck de 1557 (je me souviens encore de la date!) M. Sandt me dit, avec une nuance d'impatience :

– Je vois bien que tu aimes les vieilles choses. C'est peut-être pour cela que tu viens voir la vieille chose que je suis !

50 Puis, sans doute pour effacer son âge, et aussi se faire admirer et m'encourager à revenir bientôt, il me demanda :

– Tu sais patiner ? Non ? Tu devrais apprendre.

Et il me raconta, une fois de plus, comment, tous les samedis, il allait à la grande patinoire couverte passer l'après-midi.

55 – Tu es un peu maigre, tu as besoin d'exercice.

Sans doute étais-je l'un des rares êtres qui depuis 1939[2], eût accepté encore de voir ce septuagénaire[3] allemand. Était-ce uniquement pour les timbres et les pièces ? Je ne crois pas, car j'aurais pu aisément trouver des collections plus belles encore et 60 sans perdre une heure à traverser la ville. La vieille voisine d'en face, disait-on, en avait une superbe. Mais elle n'était pas seule dans la vie. Donc si j'allais chez M. Sandt, c'était moins, je crois, pour « la vieille chose qu'il était » que simplement pour ce regard bleu qui s'allumait tant à me voir arriver. Je devinais bien 65 qu'en ce temps de guerre, sa nationalité était, pour lui, un peu comme ma cicatrice.

---

1. Admirais.
2. Date du début de la Seconde Guerre mondiale.
3. Qui a atteint soixante-dix ans.

M. Sandt ne m'offrait pas seulement une complicité dans la solitude. Ces visites me fascinaient, me procuraient une forme d'étrange évasion. Je m'échappais dans le passé et dans l'Europe
70 de M. Sandt, quand j'entrais dans ce petit appartement sombre, plein de vieilles photos, de vieux meubles, d'antiques horloges, de grands livres de comptabilité dont chacun portait un millésime[1] en lettres d'or. Là aussi, comme pour les timbres ou les monnaies, les dates m'intriguaient : 1897, 1904... J'étais
75 irrésistiblement attiré par de simples nombres : 1926, 1888, 1912... – que je dessinais de toutes les manières possibles pendant mes moments de distraction en classe. « M. Sandt, lui, me disais-je, avait vécu ces années-là ! »

J'en rêvais, de ces timbres. Chacun m'ouvrait des mondes de
80 fantaisie, d'imagination. Sur ceux du Tchad[2], des négresses chargées de fruits me parlaient de l'Afrique ; un navigateur à tricorne[3] m'entraînait aux îles Cook[4] ; le profil de la reine Victoria me transportait sous toutes les latitudes ; cet imposant visage me fascinait par ses couleurs diverses – carmin[5], ver-
85 millon[6], ivoire... – dont les catalogues raffinaient les moindres nuances. Non seulement je traversais l'espace, je franchissais le temps ! – les timbres me donnaient accès au XIXe siècle que j'appelais encore « le dix-huitième siècle » parce que les dates com-

---

1. Chiffre d'une année qui figure comme date sur la monnaie, les médailles, et certaines bouteilles de vin.
2. Pays africain situé au sud du Sahara.
3. Chapeau à trois pointes.
4. Archipel d'Océanie proche de Tahiti.
5. Rouge éclatant.
6. Rouge orangé.

mençaient par ce chiffre « 18 » si envoûtant, si différent du plus
90 banal « 19 ».

Tous les jours, je contemplais longuement mon nouveau
« timbre pagode » japonais. J'employais, comme Willy, le mot
« pagode » adjectivement[1]. Le mot « japonais » lui-même avait à
mes yeux une signification plus philatélique[2] que politique.
95 Bien sûr, j'étais au courant, en gros, des événements qui se passaient dans le monde, mais « pagode », pour moi, c'était surtout
un timbre, un timbre que Willy m'avait donné. En le touchant,
en le regardant, je rejoignais un peu « l'Homme sur la
Montagne », j'atteignais cette chaleur dans ses paroles : « Tiens,
100 Jeff est plus fort qu'on ne le pense ! » qui déjà refoulaient[3]
imperceptiblement l'hostilité de la classe.

J'entrevoyais le jour, ardemment désiré, où grâce à Willy, je
serais accepté, aimé par tous, le jour où ils me salueraient en
souriant, comme ils saluaient Willy, au lieu de continuer à par-
105 ler entre eux, à me traiter en étranger, à m'appeler « Grosse-
lèvre », à chercher à me refiler comme un handicap[4] à l'équipe
adverse.

---

1. Comme un adjectif ; le mot
« pagode » est en fait un sub-
stantif.
2. Qui concerne les collections
de timbres-poste.
3. Luttaient contre.
4. Désavantage.

BIEN LIRE

CHAPITRE 6
• **Quels sont les points communs entre
Jeff et M. Sandt ?**
• **Les timbres ont sur l'enfant un grand
pouvoir de fascination : quelles
expressions nous le prouvent ?**

7

Notre salle, comme toutes les autres, se parait pour Noël. La fête de l'école devait avoir lieu le 20 décembre, dernier jour de classe. La décoration de l'arbre et de la classe était répartie entre les élèves dans « un esprit démocratique de coopération », comme disait Miss Martel. De tels travaux collectifs devaient faire de nous de « bons citoyens ». On parlait beaucoup de « partage équitable[1] ».

Donc, les tâches furent distribuées par tirage au sort. J'enviais beaucoup ceux à qui était échu[2] le soin de découper les têtes de saint Nicolas pour décorer les fenêtres. J'étais plus jaloux encore de ceux qui allaient avoir le plaisir d'attacher les boules de couleurs sur l'arbre.

La tâche qui, au nom du partage équitable, me revenait, à moi, c'était de peindre les troncs des palmiers dans le panneau de la Fuite en Égypte[3]. On me donna donc un pot de gouache et une large brosse, la plus mauvaise. Je ne me souviens plus qui le sort désigna pour peindre les feuilles, mais j'en avais gros sur le cœur. Ce fut peut-être la fille du colonel, celle qui refusa d'exécuter les pattes de l'âne, car, comme elle disait, non sans dédain[4], « elle ne savait pas dessiner les pieds des bêtes ».

---

1. Qui consiste à donner à chacun ce à quoi il a droit naturellement.
2. Attribué.
3. Dans l'Évangile de Saint Matthieu, cet épisode raconte la fuite de Joseph et de Marie en Égypte pour échapper à la persécution du roi Hérode qui avait ordonné que soient tués tous les nouveau-nés de sexe masculin.
4. Mépris.

20 Au moment de peindre le visage de Marie, elle s'était écrié avec impatience :

– Oh zut ! Je n'arrive pas à bien faire ses lèvres !

– Veux-tu que j'essaie ? m'empressai-je d'offrir.

– Toi ? Vous avez entendu ça, vous autres ? Jeff voudrait
25 peindre des *lèvres*.

– Non, c'est pas vrai, répondaient-ils en rigolant. Pourvu qu'il ne se prenne pas pour modèle !

Par souci d'équité encore, Miss Martel nous demanda, une semaine avant la fête, d'inscrire chacun notre nom sur un billet.
30 Ces billets une fois mélangés dans un panier, nous approchions un à un, pour tirer au sort, afin de savoir à qui nous devions destiner notre cadeau – loterie de la générosité… Ainsi, expliquait Miss Martel, nous étions tous sûrs de recevoir un lot et de participer à « l'Esprit de Noël ».

35 Pendant le tirage, certains se montraient très mécontents du nom qu'ils avaient tiré, et poussaient des « Oh zut ! » accompagnés de moues de dégoût. D'après une grimace que la fille du magistrat me parut tourner dans ma direction, je me demandai si elle n'avait pas tiré mon nom.

40 En effet, le jour de notre fête, je reçus d'elle un « comic[1] » de Dick Tracy[2]. Ce n'est pas le mépris qui inspirait ce choix. Miss Martel avait décrété qu'en principe le prix des cadeaux ne devait pas dépasser la somme de quinze cents. Il n'y avait donc guère d'autre choix.

---

1. Bande dessinée, en américain.
2. Célèbre détective privé de la bande dessinée du même nom.

45 Condescendant[1] un instant à me parler, la fille m'assura :

– C'est exactement ce qui convient à la saison, parce que le crime éclairci par le Détective Tracy est commis justement à Noël.

– Vous l'avez donc lu avant de me le donner ? demandai-je, 50 déçu.

– Mais... Oui, bien sûr, pourquoi pas ?

Pour moi c'était tout sauf une fête. J'étais d'autant plus désemparé que Willy, grippé, n'était pas là.

Nous chantâmes plusieurs cantiques[2]. Puis vint le partage 55 des choses à manger. D'abord les « jelly beans » ou bonbons en forme de haricots. Devant une classe silencieuse, avide, attentive, les élèves chargés de cette distribution faisaient des comptes méticuleux[3] sur la table. À voir leur zèle, on aurait cru qu'il s'agissait d'une importante mission.

60 Toute la fête était gâchée pour moi à cause de l'absence de Willy. Je ne cessais de regarder son pupitre[4] vide. Je me sentais totalement isolé dans cette classe où l'on m'ignorait, comme si moi-même j'eusse été absent.

Arriva une mère d'élève, Mrs Fairweather, couverte de four- 65 rures, sous un chapeau turban à la mode. Sans doute par désœuvrement[5], elle s'était chargée bénévolement[6] de contribuer à rendre notre Noël plus joyeux. Elle était suivie de

1. S'abaissant.
2. Chants religieux.
3. Très précis.
4. Table inclinée servant à écrire, utilisée par les écoliers.
5. Inactivité, absence d'occupation.
6. Gratuitement.

sa bonne[1] qui portait un énorme paquet. Il contenait des montagnes de sablés[2] découpés en arbres de Noël. Chacun
70 était saupoudré de sucre vert ou rouge, couleurs de la saison. Le tout arrosé de « soda pop », jus de fruits gazéifiés, colorés d'un rouge ou d'un vert vibrants. Ce « soda pop » était de la marque « Impérial », maison où la famille Fairweather, selon les vantardises du fils, « avait ce qu'elle voulait aux prix
75 de gros ».

Quand les bruits de déglutition[3] plus ou moins discrets eurent cessé, Miss Martel nous fit lever tous ensemble et prononcer simultanément les syllabes :

– Nous vous remercions beaucoup Mrs Fairweather.

80 Ensuite Miss Martel demanda un volontaire pour porter à Willy la part qui lui revenait du tout.

– Moi, je le ferai ! m'écriai-je, levant la main.

– Non, c'est moi qui suis son meilleur ami, dit Ronald.

Ce fut donc avec regret que je vis échapper un prétexte de
85 rendre visite à Willy. Je regardais Ronald, « son meilleur ami », qui glissait dans une petite boîte la part de Willy : ses deux sablés, un vert et un rouge, ses six haricots et demi…

Ce jour-là, je ne pouvais pas compter sur Willy qui, au moins quelques instants, aurait pu me faire accepter. Je n'arrê-
90 tais pas de contempler sa place vide, la place de « l'Homme sur la Montagne ».

---

1. Servante.
2. Petits gâteaux secs.
3. Fait d'avaler.

Néanmoins, parce qu'on se lasse d'être méchant, ou par l'influence de Willy, ou par celle de « l'esprit de Noël » – même tel que le concevait Miss Martel – les élèves ne me montraient plus
95 une véritable hostilité. Certains allaient jusqu'à échanger parfois quelques paroles avec moi, surtout en l'absence de témoins dont ils pouvaient craindre l'opinion. Je commençais donc à respirer, à espérer.

Il y avait encore des exceptions – ce jour, précisément, de la
100 « fête ». Un petit garçon trapu et déjà gros, avait été désigné pour figurer le Père Noël. Il portait un costume rouge ourlé de coton blanc, un chapeau rouge à gland blanc, des bottes noires. Son filet de voix enfantin faisait un drôle de contraste, à travers ce masque de bon pépère à barbe blanche. Quand la comédie
105 eut assez duré, les élèves crièrent :

– Enlève ton masque ! Enlève ton masque !

Jusqu'à ce qu'il obéit. Ce qui provoqua un tollé de rires et d'applaudissements.

À cet instant, nous étions tous debout et la fête tirait à sa fin.
110 Moi, près de la fenêtre, tantôt je regardais la place vide de Willy, tantôt, dehors, les monceaux de neige dont le soleil avait fait une espèce de fondrière[1]. Soudain, je me sentis observé. Un groupe de quatre filles était en train de murmurer et de rire tout bas. Trois d'entre elles poussaient la quatrième qui se montrait
115 gênée, réticente.

– Tu n'oseras pas, lui chuchotaient les autres.

---

1. Ornière.

Enfin, elle s'approcha de moi et lança à la cantonade, pour toute la classe :

– Toi aussi, Jeff, enlève ton masque !

120   La fête terminée, tous nous allâmes au fond de la salle chercher les manteaux dans les armoires encastrées. En ouvrant celle dont la porte représentait l'Annonce aux Bergers[1], je surpris à l'intérieur deux filles dont l'une était l'héritière d'une grande biscuiterie de Somerset. Elles sortirent sans aucune gêne, au 125 contraire avec une certaine expression de bravade et de défi. Un détail me bouleversa : sur le bras droit des deux filles, de profondes piqûres d'épingle laissaient couler quelques gouttes de sang. La classe éclata de rire, mais ce fut un rire un peu inquiet, troublé. Miss Martel, elle, fit semblant de ne rien voir.

130   En voyant ces deux filles, ces gouttes de sang, je fus saisi d'effroi[2]. Je me sentis subitement glacé dans tout mon être, car cette scène m'ouvrait des abîmes[3] dont je n'avais pas soupçonné la profondeur. Peut-être ne s'agissait-il que d'un rite[4], d'un simple pacte d'amitié, mais il me semble que, dans ce cas, il y 135 aurait eu moins de piqûres et beaucoup moins profondes. Mon intuition d'enfant me disait que ce n'était pas si simple. Quoi qu'il en soit, je ne devais jamais savoir exactement ce qui s'était passé là, derrière l'Annonce aux Bergers.

    Je pris dans l'armoire manteau, gants et chapeau. Puis je me

---

1. Dans la Bible, la nuit où Marie accouche de Jésus, un ange apparaît aux bergers et leur annonce la naissance du Sauveur.
2. Terreur.
3. Gouffres sans fond.
4. Cérémonie en usage dans une religion.

140 penchai pour démêler, parmi toutes ces galoches qui exhalaient une odeur de caoutchouc, d'argile et de neige fondue, celles qui m'appartenaient. Je ne les trouvai pas. J'attendis donc que tout le monde fût parti. Mais inutile de fouiller davantage, elles n'y étaient pas.

145   – Tu les as oubliées chez toi, voilà tout, me répétait Miss Martel, emmitouflée[1], pressée de partir, les clefs à la main.

Je savais bien que non, que maman ne m'aurait jamais laissé quitter la maison sans galoches, dans une couche de neige aussi épaisse que le soleil changeait en fondrière. Je commençai donc 150 à rentrer, les pieds glacés ; mes chaussures trempées grinçaient contre mes pieds à chaque pas.

Je cherchais, tout en marchant, à m'accommoder de toutes ces choses – l'absence de Willy, les partages équitables, les bons sentiments prêchés par Miss Martel, le spectacle troublant des 155 deux filles aux gouttes de sang, le vol de mes galoches, mon « masque »... Il est difficile d'exprimer ce que j'éprouvais – peut-être le dégoût vague de déceptions accumulées.

C'était bien assez pour une seule journée. Pourtant, à tout ce qui déjà pesait sur moi, vint s'ajouter une autre scène inquié- 160 tante, impressionnante. Chemin faisant, j'aperçus un groupe d'une dizaine de garçons qui en cernaient un autre, plus petit, qu'ils brimaient[2]. Je n'en connaissais aucun.

– Tiens, petit lâche, prends ça ! dit le plus grand en lui don- nant quelques coups de pieds. Ça t'apprendra à te sauver.

---

1. Couverte de vêtements chauds.
2. Faisaient subir des épreuves qui sont souvent brutales et humiliantes.

165   — Bien sûr, on voulait te causer gentiment un peu, voilà tout, enchaînait un autre.

Tous éclatèrent de rire.

J'étais outré[1], mais trop petit pour intervenir. Je sentais bien que la haine débordait de ces garçons, qu'ils cherchaient à 170 l'écouler, et qu'ils n'auraient pas demandé mieux si une intervention de ma part leur avait permis de s'acharner sur moi.

— Mais qu'est-ce qu'il a fait ? demandai-je.

— Il a une sale gueule, ça ne suffit pas, non ?

À ce moment, le plus grand, sans doute le meneur de la 175 bande, lança un fort coup de pied dans l'aine[2] du petit garçon. Il tomba dans la neige et fut longtemps à hurler de douleur, se tordant, avalant de l'air comme un poisson sur la rive. Et moi, m'oubliant dans mon émotion, paralysé devant sa souffrance, je restai là.

180   — Veux-tu fermer ta gueule, petit pleurnichard ?

— Peuh, il joue la comédie, ça se voit.

— Il a peur !

Tous éclatèrent de rire à ce dernier propos. Mais ils n'y croyaient pas vraiment, à la comédie, car, un peu inquiets tout 185 de même, ils avaient arrêté les coups de pied.

Brusquement, je me ressaisis en voyant quelques regards dévier sur moi. Je repris mon chemin. Une seconde de plus, et c'était mon tour.

---

1. Scandalisé, très en colère.
2. Partie du corps entre le haut de la cuisse et le bas-ventre.

J'éternuai à plusieurs reprises. J'étais triste de penser qu'il y
190 eût quelqu'un d'assez égoïste pour me prendre mes galoches.
Car on ne pouvait pas se tromper : mon père avait collé à l'intérieur d'immenses étiquettes portant mes nom et adresse.

Deux jours après, un élève vint avec sa mère en voiture rapporter mes galoches. Je lui demandai pourquoi il les avait
195 empruntées, et il me répondit gentiment :

– Mais comment est-ce que je serais rentré ? Je n'en avais pas,
moi...

Non sans peine, je commençais à m'habituer à l'incons-
cience[1] générale.

200 Je me sentais solitaire et assez découragé. Néanmoins, j'avais
ma famille. Je me réjouissais, après tout, de cet amour qui m'attendait à la maison. Cela, c'était irremplaçable. Et je pensais à
la joie que j'aurais pendant les vacances à porter un cadeau à
Willy.

---

1. Indifférence.

BIEN LIRE

CHAPITRE 7
• Quelle est la différence entre les deux injonctions
« enlève ton masque » (l. 106 et l. 119), adressées
d'abord au garçon qui joue le Père Noël, puis à Jeff ?
• Que pensez-vous de la réaction de Jeff ?

8

La classe de Bubby, comme la mienne, avait célébré la fête ; il s'y était beaucoup amusé. Il ne comprit donc pas mon manque d'enthousiasme, notamment à l'égard du « comic » lu au préalable[1] par la donatrice, et sur lequel lui-même ne lassait
5 pas de s'extasier. Je lui avais gardé, dans une serviette en papier, un sablé en arbre de Noël et quelques haricots en sucre, mais il était déjà tellement rassasié[2] par sa propre fête qu'il ne pouvait plus rien ingurgiter[3].

Maman, outrée par l'histoire de mes galoches, s'inquiétait de
10 m'entendre éternuer. En effet, j'allais être enrhumé pendant trois jours. Ensuite, j'en eus encore deux devant moi pour aller acheter mes cadeaux de Noël. Bien que la fête de l'école fût passée, restait la fête officielle. Officielle et, pour moi, la seule véritable.

Dès que j'allai mieux, je pris le tramway que j'aimais parce
15 qu'il me réveillait souvent aux premières couleurs de l'aube. Je descendis dans le centre de la ville afin de choisir mes cadeaux.

Pour Bubby, j'achetai un carton quadrillé dont chaque carré portait l'échantillon d'un métal ou d'un élément chimique, étiqueté de son nom en latin : cuprum[4], ferrum[5]... Pour Willy,
20 j'allai dans une boutique de philatélie où j'étais rarement client,

---

1. Auparavant.
2. N'avait plus faim.
3. Manger, avaler.
4. Cuivre.
5. Fer.

mais souvent visiteur. À ce rayon de timbres, je venais fréquemment flâner, rêver, convoiter[1]...

Je fus longtemps à réfléchir devant les mélanges « Russie » et « Amérique du Nord ». Le boutiquier, qui me connaissait trop bien, s'irritait imperceptiblement de mes perpétuelles indécisions. Enfin séduit par le paquet « Europe – Grand Mélange » qui me semblait, malgré tout, contenir les spécimens[2] les plus intéressants, je l'achetai pour Willy.

Pour papa, cinq cigares ; pour maman, une petite boîte de pastels avec un supplément de couleur orange qui lui manquait à ce moment-là. J'étais tellement heureux, chargé de tous ces paquets, que dans le tramway du retour, je ne pus m'empêcher de siffler très fort (bien que ce fût l'après-midi) : *« Oh what a beautiful morning*[3] *! »* Je voulais que tous les voyageurs comprissent combien j'étais heureux.

Quand je passai remettre à Willy le cadeau que je lui destinais, je le trouvai presque rétabli.

Mrs Aldridge, sa mère, ne cessait de s'exclamer :

– Comme il est gentil, ce petit Jeff ! Je n'en reviens pas. C'est vrai, les jeunes gens d'aujourd'hui...

Willy ouvrit le paquet « Europe-Grand-Mélange », il en parut très content. Donner ce cadeau me remplissait d'une telle joie que, déjà, je cherchais dans mon esprit des prétextes pour lui en faire un autre le plus tôt possible.

---

1. Envier.
2. Exemplaires.
3. « Oh quelle belle matinée ! » en anglais.

45   — Viens, celui-ci va compléter ma série du roi George VI,
disait Willy, en m'emmenant dans sa chambre.

Celle-ci, très différente de la mienne, était ornée de photos
de grands joueurs de base-ball. Par terre, des patins à glace, un
ballon de foot, un vieux basket-ball dégonflé, toutes sortes d'ar-
50 ticles de sport. Attachée au coin de la glace, une paire de gants
de boxe qui, me disait-il, avait appartenu à son frère. Willy
n'avait pas de couvre-lit ; deux boutons manquaient sur les
tiroirs de sa commode.

— Le timbre « pagode » que tu m'as donné l'autre jour, te rap-
55 pelles-tu ? disais-je. Eh bien, je l'ai décollé du bout de l'enveloppe, maintenant il est dans mon album...

— Mon frère en a sûrement vu, des pagodes ! il est pilote de
chasse en Birmanie[1] ...

— Il y a des pagodes en Birmanie aussi ?
60 — Bien sûr...

Mrs Aldridge, du salon où elle était restée à repriser des
chaussettes, cria à son fils :

— Mais Willy, ne dis pas ça. On ne sait pas où est George. La
Birmanie peut-être ou même le pôle nord. Penser que même
65 nous, nous l'ignorons !

— Enfin, reprit Willy, quelque part en Orient. Regarde, c'est
sa photo, d'avant son départ. Ça, c'est l'aérodrome, et ça, c'est
l'aile de son avion.

Mrs Aldridge, la voix émue, répétait en écho :

---

1. Pays d'Extrême-Orient.

70   — Même pas où il est…

Brusquement, Willy remit en place la photo et me fit signe de
ne plus parler de son frère, pour ne pas faire de chagrin à sa mère.
Elle-même voulait parler d'autre chose, car, du salon, elle relançait :

— Tiens, Willy, montre à Jeff ton timbre « transparent »,
75 comme tu l'appelles.

— Ah oui ! s'exclama Willy, enthousiaste, en ouvrant son
album aux pages de l'Autriche. Regarde, on peut presque voir à
travers. C'est le seul au monde comme ça. Il vaut sûrement une
fortune, on ne peut pas le trouver dans le catalogue ! Même le
80 marchand de timbres ne le possède pas.

Je contemplai longuement ce timbre transparent. Il était
jaune pâle, avec le profil d'un vieil homme à barbe et à cou-
ronne de laurier[1]. Willy alluma la lampe, me demandant de le
tenir près de l'ampoule pour mieux voir à travers. J'éprouvais
85 un étrange désir de posséder ce timbre. Je ne songeais pas du
tout à en avoir un autre semblable. C'était celui-là que je voulais, le timbre préféré de Willy.

— Dis, demandai-je au salon au moment de partir, est-ce que
Ronald t'a apporté ta part de la fête ? Il y avait bien deux
90 sablés ?

— Non, il n'y en avait qu'un, pourquoi ?

Je n'étais pas mécontent de voir que la gourmandise de
Ronald l'aurait discrédité[2].

---

1. Attribut des vainqueurs et des empereurs.
2. Déprécié.

– Comment ! Pourtant on t'en a bien mis deux de côté ; je les
95 ai vus... Willy, est-ce que tu vois souvent Ronald ? Oui ? Mais...
est-ce que tu es son « meilleur ami » comme il le dit ?

– Quoi, il a dit ça ? Il parle trop ; il m'embête...

Ce dernier mot me rassura, mais un instant seulement, car il
enchaîna :

100 – ... Mais je l'aime bien quand même.

– En classe l'autre jour, tu te rappelles ? Il s'est mis de l'encre
partout, sur sa chemise blanche, et même sur son oreille.

Willy riait :

– Oui, je sais. Parfois il est un peu idiot.

105 – Willy ! lui dit sévèrement sa mère, qui, après Noël, devait
reprendre son service de femme de chambre stylée[1]. Ronald vient
d'une famille de gens très bien. Je te défends de parler comme ça.
J'espère que, quand tu le vois, tu es convenable[2] au moins.

Je voyais encore, par la porte ouverte, les patins à glace dans
110 la chambre de Willy :

– Tu patines, je vois. J'ai un ami qui patine, M. Sandt. Il a
soixante-quatorze ans.

– Un vieillard comme ami ? s'étonnait Willy.

– Mais oui. Il a une très belle collection de timbres et de
115 pièces de monnaie...

– Est-ce que je peux aller avec toi le voir un jour ?

– Bien sûr ! repris-je, ravi du prétexte.

---

1. Cette périphrase signifie que la mère de Willy est servante chez des gens chics.
2. Poli.

– Et, est-ce que Ronald peut venir avec nous? Ça l'intéressera beaucoup, lui aussi.

120 J'hésitais; j'aurais préféré emmener Willy tout seul. Mais j'étais bien forcé d'accepter:

– Si tu veux. Il a de jolies pendules, toutes biscornues[1], et beaucoup de vieilles choses à voir. C'est un ancien horloger retiré[2].

125 À ce moment, Mrs Aldridge leva les yeux de sa chaussette et me demanda ce que faisait mon père.

– Météorologiste, répondis-je. Et ton père, Willy? Je ne l'ai pas encore vu. Qu'est-ce qu'il fait?

Je fus très gêné quand il m'expliqua que son père était mort 130 depuis longtemps. Après un silence pesant, il reprit:

– Dis, Jeff, comment l'appelles-tu, ton père? «Papa» bien sûr, non? C'est comme ça que j'aurais appelé le mien aussi. C'est mieux que «Père», tu ne trouves pas? Et... est-ce qu'il n'est pas un peu chauve, ton père? Oui? Eh bien, le mien aussi, 135 d'après les photos que maman m'a données!

Willy me semblait très content de cette étrange ressemblance. Je devinais que Willy, lui aussi, avait sa «cicatrice»; mais la sienne ne se voyait pas.

En rentrant, je trouvai Bubby dans le jardin en train de 140 poser la première pierre d'une forteresse de neige. Je me mis à l'œuvre et ensemble nous bâtîmes cette forteresse dans une

---

1. De formes très irrégulières.
2. À la retraite ; anglicisme formé à partir de l'adjectif « retired ».

encoignure[1] de la maison qui déjà nous protégeait de deux
côtés. Au milieu du mur nous laissâmes un trou destiné à servir de meurtrière[2]. Puis, le château terminé, nous amassâmes
145 des stocks de boulets.

– Plus grands, il faut les faire plus grands que ça, lui disais-
je. Tu ne te souviens pas de ces gros boulets au Musée Rush ?
Eh bien, c'est comme ça qu'il faut les faire.

Le crépuscule accusait le ton bleuté des murs de neige. Être
150 à l'intérieur du château était délicieux. Nous tremblions, non
pas de froid, mais de plaisir.

Notre travail fini, Bubby me regarda, rit et dit :

– Tu es mon frère.

Par contagion, je ris à mon tour et lui envoyai de nouveau son
155 rire. Et nous continuâmes un peu bêtement pendant quelques
instants à nous passer ce rire de l'un à l'autre, comme un ballon.

– Je ne suis pas dupe[3], moi, je sais qui vous êtes là-dedans !
C'était la voix de la petite voisine qui passait.

– Va-t-en ou on te tire dessus ! criai-je en plaisantant.

160 Mais elle se piqua[4] et donna un grand coup de pied dans la
forteresse. Elle dut se faire très mal.

– Vous êtes protestants, vous n'irez pas au Ciel ! lança-t-elle
en filant chez elle. Si ça vous est égal, l'Enfer, eh bien, tant pis
pour vous ![5]

---

1. Angle formé par deux murs.
2. Fente dans un mur de fortification qui permettait d'observer et de viser les assaillants.
3. Je ne me laisse pas tromper.
4. Se vexa.
5. La petite fille se trompe : les protestants croient au Paradis et à l'Enfer.

165   Un bruit comme un coup de canon : c'était sa porte qui claquait.

À la maison, je me nommai d'autorité directeur, préposé à la
décoration. Je désignai Bubby pour être mon assistant et nous
commençâmes les travaux ensemble.

170   Dans du papier vert, nous découpâmes des couronnes de
Noël, scrupuleusement imitées, sans oublier ni les piquants ni
les petites baies rouges. Ainsi nos fenêtres étaient moins nues,
même s'il leur manquait ces couronnes de vrai houx dont s'or-
naient les fenêtres des maisons, de l'autre côté « un peu mieux »
175 de Vrain Street.

Notre père n'avait pas les moyens de nous acheter un gros
arbre comme ceux dont s'étaient vantés pendant toute la
semaine la plupart des élèves de ma classe, en se narguant[1] les
uns les autres :

180   — Le mien est plus grand que le tien. Il a six pieds[2] et trois
inches[3].

— C'est faux. Il n'a même pas cinq pieds, je l'ai vu par ta
fenêtre.

— En tout cas, le mien, c'est le plus grand de vous tous réunis,
185 avait dit Ronald. Il a huit pieds deux inches et demi !

À Bubby et à moi qui étions petits, notre arbre nous paraissait grand, beau et il sentait si bon, si pur ! On y accrocha les
lumières, les cheveux d'ange[4], les boules miroitantes de cou-

---

1. Se provoquant.
2. Mesure américaine équivalent à 30,47 cm.
3. Mesure américaine équivalent à 2,54 cm.
4. Filaments argentés ou dorés servant à décorer le sapin de Noël.

leurs. Le moment le plus difficile fut la pose, à la cime de
190 l'arbre, de la grande étoile à huit pointes. Bubby regrettant sans
doute de ne pouvoir participer à la tâche, m'observa, en se
moquant un peu de moi jusqu'à ce qu'elle y fût fixée.

L'arbre fut placé près de la fenêtre, pour que ses lumières pus-
sent illuminer aussi le cœur des passants. Ces soirs-là après dîner,
195 Bubby et moi étions impatients de tout éteindre sauf les
lumières de l'arbre afin de les regarder briller dans l'obscurité,
teinter les cheveux d'ange, se refléter dans les boules de couleurs.

La veille de Noël, après un dîner où maman avait fait du
poulet, exceptionnellement, papa alluma un feu de bois, étei-
200 gnit la lumière, éclaira l'arbre. Nous restâmes là près du feu,
heureux, silencieux, dans le seul bruit de la résine[1] qui crépitait
et répandait des étincelles.

Ainsi réunis autour de ce feu, dans cette atmosphère où la
chaleur, la lumière et l'amour se confondaient, je n'aurais
205 jamais songé à faire le bilan de mon bonheur, tellement il me
paraissait permanent.

Dans ces veilles de fête, nous avions coutume d'ouvrir nos
cadeaux. Nous tirions les paquets cachés sous l'arbre et, à tour
de rôle, chacun ouvrait un des siens. Pendant que l'un de nous
210 défaisait son paquet dans l'impatience générale – rubans
impossibles à dénouer, emballages hâtivement déchirés, excla-
mations de surprise – les trois autres attendaient, immobiles,
souriants, empressés de partager son bonheur.

---

1. Substance visqueuse et odorante produite par les conifères.

Quand tous les cadeaux furent ouverts, Bubby fit encore une
215 ultime[1] et inutile vérification pour voir s'il n'en restait pas un
oublié sous l'arbre. Longtemps, on détailla les cadeaux, on se les
montra. Papa fuma un de ses nouveaux cigares, Bubby examina
sa carte de minerais, maman nous servit le chef-d'œuvre de son
après-midi entier : un cake aux fruits confits, tout chaud.

220 — Neuf heures et demie ! Bubby, au lit ! dit-elle enfin avec
une fermeté enjouée[2].

Bubby fit semblant de ne pas entendre. Il contempla d'abord
son assiette vide, y ramassa une dernière miette de gâteau, puis
ses yeux s'attachèrent à l'arbre, ensuite au feu de bois. Et
225 comme maman était sur le point de rompre le silence pour
répéter son ordre, Bubby nous regarda tous et dit :

— C'est tout ?...

De son lit, un moment plus tard, il cria :

— Quand je serai grand (il disait souvent : « Quand je serai
230 grand... »), je serai très riche, je nous achèterai cent treize arbres
et cent treize gâteaux !...

Papa rit. Puis, les yeux souriants de contentement, il se
tourna vers maman et observa une fois de plus :

— Nous pouvons vraiment être fiers de nos deux garçons.

235 — Eh oui, enchaîna maman. Quand je pense que Jeff est allé
porter un cadeau à son ami Willy qui est enrhumé ! Ça montre
combien il est bon.

---

1. Dernière.
2. Gaie, réjouie.

À cet instant, je me sentais fier, très fier, je me sentais comme lavé en-dedans, tout propre. Quand on m'appelait « Grosse-
240 lèvre » à l'école, j'avais envie de faire du mal. Quand, à la maison, on me disait que j'avais fait une bonne action, qu'on était fier de moi, alors j'éprouvais un besoin irrésistible de faire un cadeau, un cadeau à n'importe qui !

À peine étais-je au lit depuis un quart d'heure que me prit
245 soudain le désir de retourner voir l'arbre, de prolonger par n'importe quel moyen ce Noël merveilleux. Je descendis l'escalier sur la pointe des pieds et pénétrai dans le salon obscur. Le profil des branches se détachait sur la fenêtre éclairée par un réverbère. Je rallumai les bougies, ayant pris soin auparavant de
250 fermer doucement les portes de la pièce pour ne pas réveiller la famille.

Des ampoules vertes, jaunes, bleues, coloraient les poèmes de Noël préférés de maman que, chaque année, elle accrochait à l'arbre. Elle avait toujours aimé lire. Autrefois, petite fille, elle
255 avait dévoré[1] presque tous les livres de la bibliothèque municipale de son village natal, dans l'état voisin d'Iowa. Elle n'avait plus beaucoup le temps pour le faire, mais elle avait gardé un certain goût pour la littérature. Certains de ces poèmes, attachés à l'arbre, me sont restés gravés dans l'esprit, d'autant
260 mieux que je les ai revus à chaque Noël, pendant toute ma jeunesse.

L'anglais poétique étant parfois difficile, je devais demander

---

1. Lu avidement.

à maman de nous expliquer le sens. Ce qu'elle faisait avec toute la sensibilité qu'elle avait des choses. D'un bref poème, elle
265 savait tirer tout un conte.

À grand regret, enfin j'éteignis l'arbre et me dirigeai vers mon lit. En passant devant la chambre de Bubby, je vis un trait de lumière sous sa porte. Surpris, je l'ouvris doucement. La lampe de chevet brûlait encore, mais Bubby, après cette journée si
270 remplie d'émotions, dormait profondément. J'écoutai sa respiration, je regardai ses yeux clos. Près de son lit, il avait posé deux chaises côte à côte pour aligner ses cadeaux. Il avait même, malgré l'interdiction de maman, monté le quartz rose de l'escalier du sous-sol. Avant d'éteindre, je vis encore, à côté du
275 quartz, un morceau de papier. Il y avait quelque chose d'écrit. Je m'approchai et lus mon nom, plusieurs fois répété, en caractères maladroits et appliqués :

« Jeff, Jeff, Jeff » et une fois « Jaff », par erreur.

BIEN LIRE

CHAPITRE 8
• Commentez les particularités du « timbre transparent ».
• En quoi Ronald a-t-il fait preuve de mesquinerie ?
• Comment qualifieriez-vous cette scène familiale ?

9

Vint le Nouvel An 1945. L'école reprit le mercredi suivant. Comme prévu, j'emmenai Willy et Ronald voir M. Sandt qui nous reçut gentiment, nous raconta des histoires sur ses timbres et ses vieilles médailles. Il nous pria de revenir souvent.

5 À l'école, l'amitié de Willy faisait merveille. Vraiment, mes camarades commençaient à m'accepter. Ils ne protestaient plus quand Willy me disait de venir jouer avec eux. Et moi, j'avais un peu réparé ma réputation d'incapacité. Plusieurs fois, j'avais même si bien joué, donnant des points à mon équipe, que j'en-
10 trevoyais déjà le moment où tout serait comme à l'ancienne école. « Grosse-lèvre » peu à peu faisait place à « Jeff ». Tout cela, je le savais bien, uniquement parce que Willy lui-même m'ap- pelait pour faire partie de l'équipe, et qu'on nous voyait souvent parler ou nous promener ensemble.

15 Vers cette époque, se produisit un événement qui allait tout changer. Ce jour-là débuta pourtant comme beaucoup d'autres. Je fus réveillé par le bruit du premier tramway. Un long moment, je restai à la fenêtre, enveloppé dans ma couver- ture, émerveillé de cette splendide promesse d'un matin de jan-
20 vier. Je n'allais jamais retrouver le même état de bonheur.

Comme papa était déjà parti pour l'Observatoire, je pris mon petit déjeuner avec maman et Bubby. Je me souviens fort bien des détails de cette journée ; ils sont demeurés particuliè- rement nets dans mon esprit. Une bouillie de flocons d'avoine

²⁵ très chaude, mélangée de raisins secs, coiffée de lait et de sucre. De quoi nous fortifier, Bubby et moi, par cette matinée froide.

L'après-midi, après l'école, je me postai exprès sur le chemin de Willy. Il ne portait jamais de chapeau et à son épaisse chevelure blonde, je le reconnus de loin. Je regrettai de voir Ronald ³⁰ avec lui, mais ils étaient souvent ensemble.

– On va chez moi regarder les timbres ? suggéra Willy.

Je les accompagnai, peinant sur une épaisse couche de neige qui, ces jours-là, nous empêchait tous de nous servir de nos vélos. Chemin faisant, j'entendis dans ma poche un bruit de ³⁵ papier. C'était la moitié d'une tablette de chocolat que j'avais entamée à déjeuner. Je la tirai et la partageai avec eux. Après, pour se rincer les doigts, Ronald s'accroupit et les plongea dans la neige. À ce contact, il ne put résister à nous bombarder. Ainsi s'amorça une petite bagarre, entrecoupée de rires, et qui n'était ⁴⁰ qu'un jeu. Les boules de neige étaient un peu dures, mais c'était une douleur délicieuse, très différente de celle que j'éprouvais jusqu'alors à regarder les combats dont j'étais exclu. Certains bleus font beaucoup moins de mal que l'indifférence.

Devant la porte, nous rencontrâmes Mrs Aldridge qui, elle, ⁴⁵ rentrait de son travail. Quand elle vit Ronald, un fils de médecin, elle offrit, avec un sourire stylé[1], de pendre son manteau ; ensuite elle prit le mien, puis celui de son fils, avec des gestes qui soulignaient la régression[2]. Bien qu'elle nous parlât à tous trois, elle s'adressait visiblement à Ronald :

---

1. Allusion au fait que la mère de Willy est domestique.
2. Retour en arrière.

50 – Vous êtes tous si mignons, couverts de neige comme ça ! on dirait de gentils petits bonshommes de neige !

Longtemps, dans la chambre de Willy, nous examinâmes les timbres. Il tenait à me montrer comment il avait placé dans son album les spécimens « Europe–Grand Mélange » dont je lui 55 avais fait cadeau. Entre les pages, Willy en trouva d'autres qu'il n'avait pas encore détachés de leurs enveloppes. Nous allâmes, pour les décoller, à la salle de bains les tremper dans le lavabo.

Willy laissa les timbres à sécher sur la tablette de faïence. De retour dans la chambre, comme il ne faisait plus assez clair pour 60 y voir, Ronald alluma la petite ampoule qui pendait sans façon du plafond. Je demandai l'heure :

– Cinq heures et demie ! Il faut que je rentre. Mes parents vont s'inquiéter...

– Je vous conseille d'attendre un peu à cause de la tempête, 65 me dit Mrs Adridge. Vous n'avez pas vu comme la neige tombe en ce moment ?

Nous allâmes tous regarder par la fenêtre. Dehors, dans l'obscurité, les flocons absorbaient la lumière de la pièce. Énormes, drus[1], chassés par le vent, ils couraient dans la nuit, 70 presque à l'horizontale. Je les regardai en silence, debout entre Willy et Ronald, avec ce frisson de plaisir qu'on éprouve, par mauvais temps, quand on est à l'abri...

Un coup de sonnette. C'était le facteur qui apportait un colis recommandé. La voix de Mrs Aldridge se fit entendre :

---

1. Très abondants.

⁷⁵ – Comment, si tard ! Décidément, ces paquets, ces cadeaux ont bousculé votre service et vous autres. Tiens, c'est de George et c'est adressé à Willy également. Willy, Willy ! Viens, c'est ton grand frère qui nous envoie quelque chose, viens ! Tu vois, j'avais raison, le colis est en retard, mais il ne nous a pas oublié,
⁸⁰ notre petit George. On ne donne toujours pas son adresse, évidemment !

Willy avait quitté la chambre. Ronald me jeta un regard absent, se pencha un moment sur les patins à glace, puis, machinalement, partit rejoindre son ami. Je me trouvai seul
⁸⁵ dans la pièce. Je ne pensais à rien, prêtant à peine attention aux commentaires qui venaient du salon.

L'album de Willy restait ouvert sur le lit. C'est alors que la chose arriva. Je regardais, fasciné le premier timbre qu'on voyait sous le titre « Autriche », le timbre transparent.
⁹⁰ Il me suffit d'une seconde pour le détacher et le fourrer dans la poche de ma chemise. D'un coup, je possédais quelque chose que « l'Homme sur la Montagne » avait tenu dans ses doigts. J'en étais devenu propriétaire. Un frisson secret me parcourut.

J'en vis un autre, encadré de noir, que je pris aussi. Puis ce
⁹⁵ fut le tour d'un timbre d'un étrange ton vert pâle. Ils allèrent, au fond de ma poche, rejoindre le timbre transparent.

Je fus saisi d'un tremblement. La transpiration coulait de mes mains, je les buvardai[1] plusieurs fois sur mon pantalon.

J'entendis des pas s'approcher. Mon tremblement augmenta.

---

1. Épongeai comme avec un buvard.

100 Puis ils changèrent de direction, allèrent vers la cuisine. Un
tiroir s'ouvrit à grand fracas de couteaux, de fourchettes.

— Mais quels ciseaux ? demandait la voix de Willy.

— Tu ne les trouves pas ? insistait Mrs Aldridge. Ils sont toujours à droite.

105 — Non, répondait Willy. Et le grand couteau à découper, il
ne pourrait pas faire l'affaire ?

— Bon, bon...

Le tiroir se referma avec un nouveau fracas, les pas rentrèrent
dans le salon. Moi, pendant ce temps, j'avais recommencé à
110 tourner les pages de l'album et de chacune j'arrachais quelques
timbres. J'essayais de me rassurer :

— Ceux-là, il ne verra pas qu'ils n'y sont plus...

Des cris de joie arrivaient du salon. Je m'attendais, d'une
seconde à l'autre, à ce qu'on m'appelât, mais non, on m'avait
115 oublié.

Enfin, le paquet était ouvert :

— De la soie bleue ! Je pourrai m'en faire un corsage ! Et ce
n'est pas facile d'obtenir l'autorisation d'envoyer quelque chose
de là-bas. Tiens des photos...

120 — Le voilà, c'est George, reprit la voix de Willy. Et qui sont
ces deux-là, des copains ?

— Mais, disait Mrs Aldridge, où est George là-dedans ? Tu le
vois, toi ?

— Bien sûr, là, là ! Non ! Oui c'est ça !

125 — Fais voir ? demandait la voix de Ronald.

– Ah, comme c'est drôle, regardez celle-ci, disait Willy. Ils
ont l'air idiot, tous en train de se baigner dans un ruisseau,
regardez...

– Mon petit George, répétait Mrs Aldridge. Comme il est
130 gentil...

Moi, à côté, dans la chambre de Willy, j'arrachais nerveuse-
ment des timbres. Au contact de mes doigts impatients, les pages
tremblaient, miroitaient[1]. Un plaisir étrange m'envahissait. Voler !
Les timbres, je ne les mettais plus dans la poche. J'avais défait un
135 bouton de ma chemise et je les fourrais à l'intérieur, contre ma
poitrine. J'en avais déjà une trentaine et je n'arrêtais pas.

– Il y a beaucoup de vides sur cette page, me disais-je, un ou
deux de plus Willy ne s'en apercevra pas.

« ... Et j'ai des photos de moi bien meilleures, lisait à voix
140 haute Mrs Aldridge, mais la censure[2] ne permet pas de les
envoyer... »

Tout à coup, j'entrevis l'énormité de mon acte. Remettre
tous les timbres ? C'était trop tard. Je n'aurais jamais le temps
de les recoller en place. Trop tard. Alors je continuai.
145 Encore un.

– Tiens, Willy, il parle de toi : « Mon pauvre Willy, je n'ai
rien à t'envoyer, mais sache bien que je pense à toi... »

Encore un timbre... Encore un...

Le plaisir de voler était d'autant plus vif que l'enjeu était sans

---

1. Brillaient.
2. En temps de guerre, l'état-major lit le courrier des soldats pour vérifier qu'aucune information
militaire n'est divulguée.

150 valeur, et que je savais la découverte probable. Continuer,
c'était un défi. Un défi absurde, mais je ne cessai pas pour
autant. Un inquiétant vertige embrumait mes yeux.

Et encore un...

Quand Willy et Ronald revinrent, j'étais assis sur le lit.
155 J'avais l'air de tourner tranquillement les pages, d'admirer la
collection.

– Pourquoi n'es-tu pas venu ?

– Vous ne m'avez pas appelé...

– Oui, mais enfin... Tu ne t'es pas ennuyé au moins, j'espère ?
160 – Non, je regardais les timbres...

Ils me collaient contre la poitrine, leurs bords dentelés me
chatouillaient, leur bruit de papier me crevait les oreilles.

J'avais hâte de partir ! Je n'osais pas encore, de peur d'inspi-
rer des soupçons.

165 Enfin, je m'excusai, disant qu'il était trop tard, que ma mère
serait inquiète d'ignorer où j'étais. Cela, au moins, c'était vrai.

Déjà j'étais sur le seuil de la porte quand Willy me rejoignit :

– Tiens, tu te souviens de ce timbre « pagode » que je t'ai
donné ? C'était un bleu foncé. J'en ai un autre, un rouge à dix
170 sen[1]. Viens, je te le donne...

– Non, non merci, bredouillai-je. Garde-le pour toi. Je n'en
ai pas besoin.

– Mais si, tu le mettras à côté de l'autre. Viens, insistait-il me
retenant par l'épaule avec sa main affectueuse.

---

1. Monnaie japonaise.

175 Il fallut retourner dans sa chambre. Je n'en voulais à aucun prix, de ce rouge à dix sen. Je fus pourtant bien forcé de l'accepter.

— Attends, ajoutait-il, je te donne une petite enveloppe pour qu'il ne s'abîme pas.

180 Tous ces timbres qui collaient contre ma poitrine ! Je me détestais.

Comment Willy, qui ne cessait de l'admirer, aurait-il pu ne pas s'apercevoir de l'absence de son cher timbre transparent ? Le mécanisme était déclenché.

185 Une minute – interminable. La dernière.

— Mais... Où est-il ? s'écria Willy. Mon timbre transparent ? On le regardait il y a à peine une demi-heure.

— Il est tombé peut-être ?... dit Ronald.

J'enchaînai :

190 — Oui. Regardons par terre.

Et, me mettant à quatre pattes, je jetai un coup d'œil sous le lit. Il ne me restait plus rien de cette étrange sensation de voler. À la place, le dégoût de moi-même.

— Il s'est peut-être glissé entre d'autres pages... dit Willy ; cher-
195 chant dans celles qui avoisinaient[1] l'Autriche. Sa surprise augmenta :

« Mais !... Il en manque d'autres ! Le jaune carré de l'Azerbaïdjan[2]... et Bade[3], j'en avais un là ! » s'exclama-t-il. Son doigt désignait les vides. « Et là ! »

---

1. Se situaient près de la page des timbres autrichiens.
2. Pays d'Asie centrale donnant sur la mer Caspienne.
3. Ville d'Allemagne.

– J'aimerais rester pour t'aider à les retrouver, dis-je mal-
200 adroitement. Mais, tu sais, ma mère sera inquiète, je ne lui ai
pas dit que je viendrais ce soir...

Ronald tripotait le duvet noir qui encadrait ses joues.
Silencieux, attentif, il était comme le badaud[1] en sécurité qui
flaire, non sans plaisir, quelque laideur.

205 Willy, stupéfait, fixa longuement son regard sur moi, puis
Ronald, et enfin de nouveau sur moi.

– Ça vous ennuie si je vous fouille tous les deux ?

– Pas du tout !

Ronald, ravi, s'empressait de répondre. « Vas-y ». Et il leva les
210 bras en l'air, comme il avait vu faire souvent dans les films de
gangsters.

Je respirais à peine. J'étais sur le point d'avouer :

– Il faut que je te dise, Willy...

– Oui ? Quoi ? demandait-il en fouillant Ronald.

215 Je ne répondis pas. Je ne voyais que trop clairement toutes les
conséquences d'un aveu. Si toute l'école le savait, comment
pourrais-je y vivre ? Si mes parents, mon frère, l'apprenaient,
qu'adviendrait-il de leur tendresse, de leur estime pour moi ?

Et l'amitié de Willy – si rare, si inespérée – devais-je la
220 perdre ? N'y avait-il pas une petite chance de sauver quelque
chose ? Il fallait sortir de là sans qu'on m'eût fouillé.

– Quoi ? me répétait Willy, qui ne trouvait rien sur Ronald.

Toujours silencieux, je sentais les larmes me venir aux yeux.

---

1. Curieux.

« Allons, pensais-je, je vais raconter que ce n'est qu'une blague,
225 ouvrir ma chemise et les verser sur le lit en rigolant. Mais, on
ne serait pas dupe un instant. Ce serait encore pire. » Je sentais
mes lèvres trembler.

Willy s'approcha de moi pour me fouiller. Il fallait faire vite,
inventer une comédie.

230 – Si tu me considérais vraiment comme un ami, Willy, tu ne
me demanderais pas une chose pareille ! Fouiller tes amis, tu
n'as pas honte ! Si tu me fais ça, ne me parle plus jamais ! Ne
cherche plus à me revoir ! Si tu me soupçonnes comme un
ennemi, alors on sera des ennemis, voilà.

235 Willy en restait abasourdi[1]. Ronald, aussi attentif que lorsqu'il jouait au base-ball, nous regardait en silence, ricanant
imperceptiblement[2].

Willy hésita quelques secondes avant de se ressaisir – à moins
que ce ne fût pour réfléchir... Puis, d'un pas calme, lent, il
240 recula, laissa tomber ses bras, et, avec une noblesse qui accen-
tuait ma honte, il dit :

– Bon... bon. Comme tu veux, Jeff.

Me sentant plus fort, je hasardai[3] :

– Vas-y, si tu veux. Tu vois, je ne t'empêche pas. Vas-y,
245 fouille-moi, disais-je, détachant les syllabes avec hargne[4], si... si
tu me soupçonnes !

---

1. Paralysé d'étonnement.
2. De manière très discrète.
3. Risquai.
4. Colère.

Sans un mot, il fit de la tête un signe négatif. Je repris alors :

– Non ? Bon, mais alors ne me dis pas après que je ne t'ai pas donné l'occasion de me fouiller. Non ? Eh bien...

250 Un silence, puis je murmurai, sans pouvoir empêcher ma voix de sonner faux même en disant la vérité :

– Mes parents seront inquiets. Il faut vraiment que je me presse. Et quand j'ajoutai malgré moi : « À demain Willy », j'en aurais pleuré.

255 Je lançai un dernier regard autour de la chambre, devinant bien que je n'aurais pas l'occasion de la revoir – le lit tendu d'une simple couverture de laine, l'ampoule nue aveuglante. Sur la commode, à l'endroit où Willy l'avait laissé pour moi, le frère de mon « timbre pagode », le rouge de dix sen, attendait.

260 Je fis semblant de l'oublier. Je n'osais pas. Ma crise d'audace était passée.

Pendant que je mettais mon manteau, il me semblait qu'on pouvait presque entendre le bruit des timbres à l'intérieur de ma chemise. Ronald allait partir avec moi. Je n'eus, pour m'ac-

265 compagner à la porte, que leur silence à tous les deux.

Comme Ronald me rejoignait au moment de sortir, Mrs Aldridge apparut sous la voûte, souriante. Elle avait encore à la main le cadeau de soie bleue envoyé par son George.

– Au revoir, Ronald. Willy, tu n'accompagnes pas tes amis à

270 la porte ? Au revoir, Jeff. Willy te remercie encore pour les timbres. À bientôt.

Je me détestais encore plus quand je lui rendis son sourire, en répondant gentiment :

– Au revoir, Mrs Aldridge.

275   Qu'est-ce qui m'empêchait cependant d'ajouter « À bientôt » ?

10

L'obscurité était venue. Les réverbères s'allumèrent d'un seul coup. Les flocons de neige, tournoyant autour comme des papillons fascinés, fondaient sur mon nez, dans mes yeux, se mélangeaient aux larmes que j'essayais de refouler pour les cacher à Ronald. Nos pieds s'enfonçaient dans la neige. J'aurais voulu l'entendre dire quelque chose, n'importe quoi, mais il me laissait supporter tout le poids du silence. J'entrevoyais les conséquences du vol, et inquiet, cherchant à prendre les devants, ce fut moi qui parlai le premier.

– Tu ne trouves pas ça affreux, nous accuser de vol comme ça ? Non ?

Ronald répondit « oui » sans conviction. Nouveau silence.

– Je croyais Willy beaucoup mieux que ça, repris-je, affectant l'indignation. Pas toi ?

Il fit encore un « oui » à peine perceptible, puis :

– Voici où je te quitte. Au r'voir.

Son départ fut si brusque que, surpris, il ne me vint pas à l'esprit de lui rendre son bref salut.

Seul je continuai mon chemin. « C'est la faute de la neige ! m'écriai-je. Sans elle, je ne serais pas resté chez Willy si longtemps à attendre la fin de la tempête. C'est la faute du colis du frère de Willy ! S'il n'était pas arrivé juste à ce moment-là, Willy n'aurait pas quitté la pièce. C'est la faute de Ronald, s'il n'avait

pas suivi Willy pour regarder les photos, je n'aurais jamais (le
25 véritable terme me paraissait trop laid, j'en préférais un autre)
"pris" ces timbres ».

Tant de coïncidences, pour créer le moment propice ! À tel
point que je me demandai si Dieu n'y était pas pour quelque
chose.

30 « Oui, c'est ça ! Dieu a tout agencé[1]. Il a fait exprès la tempête de neige. C'est Lui qui a fait passer le facteur ce soir plutôt qu'un autre. C'est lui qui m'a poussé à prendre les timbres...
Mais oui et voilà pourquoi j'avais cette sensation de vertige au
moment où je les prenais, cette impression de ne plus contrô-
35 ler mes actes. Ce n'est pas ma faute ! »

Mais non ! Quelle bêtise ! Dieu – si Dieu vraiment était au
courant – avait autre chose à faire que s'occuper de moi. Il l'avait
bien prouvé quand je lui avais demandé un miracle. Il se moquait
de ces timbres comme Il se moquait de ma cicatrice. Non, il fal-
40 lait bien, hélas, accepter le fait : j'avais volé. La faute était à moi
et à nul autre. Maintenant j'étais pris à mon propre piège.

Machinalement, j'avais suivi, comme d'habitude, les jardins
privés plutôt que les trottoirs. Dans l'obscurité je vis tout à
coup se dresser devant moi un coin de mur familier. C'était là
45 que, débordant de joie, je m'étais attardé en rentrant, le jour où
« l'Homme sur la Montagne » avait dit : « Tiens, Jeff est plus
fort qu'on ne le pense ! »

De nouveau, je me laissai tomber dans ce coin. D'énormes

---

1. Organisé.

flocons de neige, protégés des bourrasques[1] qui les fouettaient
50 partout ailleurs, y descendaient lentement, paresseusement,
dans le silence. L'autre fois, dans mon exaltation, j'en avais
lancé en l'air des poignées. À présent, mes bras pendaient
comme des ailes cassées. Pensant que, si je pouvais sangloter,
cela me soulagerait, j'essayai, mais je ne parvenais qu'à quelques
55 toussotements ridicules.

Était-ce bien moi qui étais assis là, dans la neige ? Bien sûr,
cela pouvait arriver à tout le monde d'avoir des impulsions
bizarres, même de voler. Maman m'avait un jour rassuré : « Tu
as de mauvaises impulsions ? Mais mon petit, c'est tout à fait
60 normal. Des idées étranges, il en passe dans l'esprit de tout le
monde. On les chasse, voilà tout. »

C'était difficile de croire que j'étais vraiment celui qui, si
rempli de joie, passait ce même coin un mois plus tôt. Qui,
quelques heures avant, avait partagé son chocolat avec Willy et
65 Ronald. En tout cas, j'étais bien le même qui avait essayé de
prendre le quartz dans le jardin. Un incident sans gravité, bien
sûr ; pourtant j'avais été sauvé de moi-même par la propriétaire,
quand elle avait devancé mon acte en me faisant ce cadeau. Du
reste, ce quartz, je l'avais voulu pour le donner à Bubby. Mais
70 pour les timbres, c'était différent : aucune impulsion de générosité ne permettait de me disculper[2].

Je me sentais las, très las, quand je me levai pour rentrer.
Désolé d'avoir abîmé ce coin de mur jusqu'alors revêtu de joie.

---

1. Coups de vent violents.
2. Prouver mon innocence.

Maman attendait à la porte avec Bubby. Elle avait les traits
75 tirés, anxieux. Elle me serra dans ses bras :

– Où étais-tu ? Mais où étais-tu donc ? Papa est sorti te chercher. Mon petit, ne fais plus jamais cela.

Tu me le promets ? On se demandait si... enfin n'importe
quoi aurait pu t'arriver.

80 – Oh, maman, arrête. Je suis là, non ? Alors ?

Pour la première fois, son affection, sa sollicitude[1] m'aga-
çaient.

Papa rentra dans cet instant. Stupéfaite, maman lui dit :

– Tu ne sais pas le plus beau. Il nous rend malades d'inquié-
85 tude, et tout ce qu'il trouve à faire en rentrant, c'est de me prier
de me taire.

– Jeff, me dit fermement papa, Maman a le droit de savoir où
tu étais, voyons. Dorénavant, si tu veux rentrer après 5 heures, il
faudra nous prévenir. C'est un ordre !

90 Bubby m'avançait une main en disant :

– Jeff, tu es en retard...

À l'intérieur de ma chemise, je sentais les timbres me pico-
ter. Je repoussai brutalement la main de Bubby :

– Et puis après !

95 Je grimpai les marches en courant et me sauvai dans ma
chambre. En fermant la porte, j'entendis :

– Mais qu'est-ce qu'il a ?

– Un chagrin peut-être... Laisse-le...

Craignant que papa ne montât chez moi pour me donner

---

1. **Attention affectueuse.**

100 une claque, j'attendis quelques instants. Enfin, j'arrachai ma
chemise. Les timbres tombèrent sur le tapis. Il en restait deux
collés contre ma peau. Dans mon impatience de les détacher,
j'en déchirai un. C'était un timbre de l'Azerbaïdjan et la voix
de Willy faisait écho dans ma tête : « Et le jaune carré de
105 l'Azerbaïdjan, où est-il ? »

    « Si maman ou papa montaient maintenant, qu'est-ce que je
ferais ? » me disais-je, envahi de crainte. Aussi je ramassai ces
bouts de papier colorés, les étalai sur la table et les mélangeai
avec d'autre timbres à moi, rassuré à la pensée que personne
110 sauf Willy ne pourrait s'y reconnaître. Pour moi, cependant, la
distinction n'était que trop facile à faire ! Devais-je donc être
réduit désormais aux craintes continuelles, aux petites pru-
dences, aux vilaines et lâches petites précautions ? Mais que
faire d'autre ? Impossible d'avouer.

115   Mais alors où les cacher ? Pas question, naturellement, de les
mettre dans mon album. Je cherchais dans la pièce une
cachette que maman, dans ses fréquents nettoyages, ne pourrait pas trouver. Dans le tiroir du haut de ma commode, j'avais
une boîte que je gardais toujours à côté de mon album. C'était
120 une ancienne boîte à bonbons en carton jaune, dont le cou-
vercle portait la marque « Whitfield's Sampler » Elle contenait
pinces, loupe, enveloppes et attaches. Et elle avait un double
fond qui, jusqu'à ce jour n'avait renfermé que le manifeste[1]
d'une société secrète, très exclusive :

---

1. Déclaration écrite qui définit un programme.

125 « Le clan de la Tarentule Noire (ce titre était accompagné d'une illustration : une araignée menaçante à dents poilues).

« Président : Jeff.

« Secrétaire : Bubby. »

Je déchirai donc les statuts de la Tarentule Noire et les rem-

130 plaçai, dans le double fond du « Whitfield's Sampler », par les timbres volés.

La boîte une fois remise en place et le tiroir fermé, je respirai. Dans mon soulagement, je fus même saisi d'un petit rire. Un rire malsain qui me troubla.

135 Je fus tiré de ce désordre par la voix de maman :

– À table !

J'étais sur mes gardes en m'asseyant à cette table où fumait un délicieux bœuf braisé aux haricots verts. Être sur ses gardes dans sa propre famille ! Les commentaires n'en étaient pas

140 moins pénibles à entendre.

– Tu vois, Jeff, disait maman. Je te l'avais bien dit, les élèves commencent à être gentils avec toi. Tôt ou tard, ça devait se dégeler. C'était à prévoir.

– Nous ne sommes pas contents de te voir rentrer si tard sans

145 prévenir, enchaînait papa. Mais nous sommes heureux que tes amis t'aiment au point de te garder si longtemps.

– Mais ce n'était pas tellement ça, murmurai-je. La neige... enfin, il neigeait si fort que j'attendais que ça s'arrête.

– Ce Willy est vraiment très gentil avec toi, reprit maman.

150 Aucun autre élève n'a été aussi amical, n'est-ce pas ? Eh bien, réponds.

Je fis oui de la tête, à peine.

– Mais qu'est-ce que tu as ? Ça ne va pas ? Vous ne vous êtes pas chamaillés[1], j'espère ? Non ? Alors, pourquoi cette tête ?

155   – Oh... pour rien.

Maman se pencha vers moi, m'examina.

– Est-ce que... On dirait que tu pleures ?

– Bien sûr que non ! C'est la neige qui m'a irrité les yeux tout à l'heure !

160   – Ne le prends pas ainsi. Je demandais, voilà tout.

À ce moment, quelqu'un frappa bruyamment à la porte.

Glacé, je bredouillai :

– Qui est-ce que ça peut-être à cette heure-ci ?

Il ne faut pas ouvrir.

165   – Tu n'as pas peur, j'espère, un grand garçon comme toi ? dit papa en allant à la porte.

Maman me regardait :

– Mais qu'est-ce que tu as, Jeff ? Tu es blanc, pourquoi ?

Papa était sorti et jetait un regard circulaire à l'extérieur. À la

170 fin, il revint s'asseoir :

– C'est sûrement une blague ! Personne. Traces de pieds d'enfant dans la neige. Une des petites voisines sans doute. La petite farceuse.

Pendant plusieurs minutes, je m'oubliai quelque peu à écou-

175 ter la conversation qui roulait sur les mauvaises plaisanteries qu'on peut faire. Ensuite papa ouvrit la radio : elle se réjouissait

---

1. Disputés.

de destructions massives infligées aux forces ennemies : « ... Au cours de la bataille en mer près des côtes et dans les ports de l'Indochine[1] française, vingt-cinq bâtiments japonais, y compris un croiseur[2] léger et plusieurs destroyers[3] ou leurs escortes, ont été coulés par des avions partis d'un porte-avion US et trente-neuf avions ennemis ont été abattus. L'amiral Nimitz a dit... »

— Vous avez entendu ? s'exclamait mon père. Vingt-cinq bâtiments et trente-neuf avions !

Nous n'en perdions pas une bouchée pour autant. Et ces nouvelles, qui, ailleurs, pour certains devaient être affreuses, m'apportaient à moi un peu de répit. Elles m'empêchaient de penser à ce que j'avais fait. Cette trêve ne fut pas longue. Bubby interrompit :

— Il t'aime bien, Willy ? Tu vas rester chez lui tous les soirs comme ça ? Moi je t'attendais. Tu m'avais dit qu'on jouerait au « Torpilleur[4] ». J'avais tout préparé, les convois, les torpilles, tout. Pourquoi tu n'es pas venu ?

— Je n'avais rien promis.

— Tu me montres tes timbres après dîner, Jeff ? reprit Bubby. Est-ce que tu en as des nouveaux ?

— Non... Je n'ai pas le temps ce soir.

— Il va falloir que tu invites Willy ici un jour après l'école, dit

---

1. Ancienne colonie qui comprenait le Vietnam, le Cambodge et le Laos actuels.
2. et 3. Bâtiments de guerre.
4. Bâtiment de guerre chargé de lancer des torpilles, engins explosifs sous-marins téléguidés.

200 maman. Je vous préparerai une de mes tartes aux pommes. Qu'en penses-tu ? Eh bien... tu ne réponds pas ? Ça ne te fait pas plaisir ?

— Si... murmurai-je.

— Dis, Jeff, reprit Bubby. Ce fameux transparent, comme tu
205 dis, tu as pu le revoir chez Willy ? Est-il si rare que ça ? Combien vaut-il vraiment ?

— Oh, je n'en sais rien ! répondis-je à bout de nerfs.

— Mais Jeff... demanda papa, qu'est-ce que tu as ce soir ?

Bubby interrompit avec insistance :

210 — Moi aussi, je vais te donner un timbre « pagode ». Mais beaucoup plus beau que celui que t'a donné Willy, tu verras !

— Oh tais-toi, veux-tu ? lançai-je, ne pouvant plus masquer mon impatience grandissante.

— Jeff ! articula fermement papa. Si tu ne peux pas répondre
215 gentiment, ne dis rien et monte dans ta chambre. Je ne t'ai jamais vu si méchant. Regarde ton petit frère, tu n'as pas honte ? Il pleure...

— C'est faux ! Je ne pleure pas, protesta Bubby en laissant tomber sa cuiller. Parce que pleurer, c'est brailler[1]. Et je ne fais
220 pas de bruit.

Plus tard, en sortant de la salle de bains pour monter me coucher, je rencontrai maman en chemise de nuit, qui me dit tout bas :

— Alors, raconte-moi, qu'est-ce qui s'est passé aujourd'hui ? On ne t'a pas fait une allusion[2] ? Une méchanceté ? Non ?

---

1. Crier très fort.
2. Parole qui évoque une idée sans en parler de façon précise.

225 Alors, qu'est-ce qu'il y a ? Allons raconte. Tu ne veux pas me
dire ? Bon, bon...

Lentement, je montai l'escalier. Au milieu je m'arrêtai, j'hésitai une seconde. Il aurait été bien doux de tout lui avouer,
comme je l'avais toujours fait. Impossible. Par le fait, je me sen-
230 tais coupé de ma mère, retranché de tous. Mon acte avait dressé
une barrière. Rien n'est pire, en présence de « proches » qui ne
le sont plus vraiment, que ces lacunes[1] de silence...

Maman intuitive, m'ayant senti hésiter, m'avait suivi en bas
dans le couloir :

235 — Mais Jeff, qu'est-ce qu'il y a ? Je suis là pour ça. Tu as
quelque chose à me dire. Si, tu as quelque chose à me dire.

Et elle commençait à monter.

— Non, je veux être seul ! dis-je. Mais le mot « seul » me
frappa comme une raillerie[2]. Je n'avais jamais voulu être seul.

240 — Tu ne veux pas ? Bon. Bonne nuit, Jeff.

J'étais désolé de deviner dans son bonsoir une diminution
imperceptible de sa chaleur habituelle.

— Maman ?...

De nouveau elle s'arrêta dans le couloir :

245 — Oui ?...

Non, je ne pouvais pas avouer.

— Bonne nuit, dis-je enfin.

— Bonne nuit, mon chéri.

Dans ma chambre, je ne pus détacher mes yeux de la com-

1. Trous dans la conversation.
2. Moquerie méchante.

250 mode, ce cadeau de papa, qui renfermait le Whitfield's Sampler
à double fond. Je me hâtai de me coucher et d'éteindre la
lumière. Mais le clair de lune continuait à souligner les
contours de la commode. Je cherchai à fermer les yeux de force.
En vain, ils s'ouvraient comme d'eux-mêmes, irrésistiblement
255 attirés par ce tiroir. Alors je lui tournai le dos. Mais je le devinais toujours derrière moi comme lorsqu'on se sent observé.

   – Mais qu'est-ce qui m'a poussé à les prendre ? me répétai-je
en me retournant dans mon lit. Penser que j'avais pu être indi-
gné quand on m'avait « emprunté » mes galoches !

260   Et le même jour, ces deux jeunes filles que j'avais vues ? Avec
ces gouttes de sang sur le bras qui m'avaient tant troublé ?
Qu'est-ce qui s'était emparé de moi, sinon une chose semblable, indéfinissable mais réelle, invisible mais présente ?
N'étais-je pas digne maintenant de porter ce nom de « délin-
265 quant[1] » que papa avait prononcé plusieurs fois avec mépris,
ajoutant que s'il avait eu des fils pareils, il leur aurait flanqué
une de ces volées !

   Où avais-je pu attraper cette infection[2] ? Ah, si j'avais eu une
famille moins stable, c'eût été différent. Non, vraiment, je ne
270 voyais pas. J'aurais éprouvé la même stupeur si je m'étais découvert au réveil, à la place de mes mains, des pattes de singe.

   Peut-être Dieu en savait-Il quelque chose ? J'insistai pour
qu'Il m'expliquât. Aucune réponse.

---

1. Personne qui commet de petits délits, des infractions à la loi.
2. Maladie répugnante.

Je pensai alors faire une dernière tentative avec Lui[1]. Je Lui
275 demandai un nouveau miracle. Non plus, cette fois, que mon
« épaisse-lèvre » redevînt comme celle des autres. Je Lui demandai simplement de rendre, pendant la nuit, tous ses timbres à
Willy. Ils rentreraient d'eux-mêmes et se rattacheraient à leur
place dans l'album. Je me réveillerais libéré de ce poids.
280   – Bien sûr, Dieu, je sais que je ne le mérite pas. Je mérite que
Tu me punisses. Mais sois bon, je sais que Tu es bon...
    Un petit doute demeurait dans mon esprit. Je cherchais à le
camoufler[2], de peur qu'il ne fût visible à Dieu et n'altérât[3] les
bonnes dispositions qu'il pouvait conserver à mon égard.
285   – Si je n'y crois pas assez, me répétais-je, cela va faire rater le
miracle, comme la dernière fois pour ma lèvre. Dieu va le faire,
Il va le faire, Il va le faire !
    Je cherchais à m'endormir. La crainte du lendemain, cepen-
dant, m'envahissait. Crainte de Willy, crainte de Ronald, crainte
290 de ce qu'ils pourraient dire, crainte de la terrible colère de mon
père s'il l'apprenait, crainte de tout. Néanmoins, je me cram-
ponnais[4] à l'espoir que les choses pourraient s'arranger par
quelque hasard inespéré, que je ne perdrais pas l'amitié de Willy.
    – Oh, il faudra bien que je sois puni. Mais puni d'une autre
295 façon, s'il-Te-plaît, Dieu. Je ne le mérite pas, je sais... J'espère
que j'ai de la foi gros comme un grain de moutarde.

---

1. Dieu est désigné par une majuscule car il est unique, pour les chrétiens.
2. Cacher honteusement.
3. Modifiât en mal.
4. M'accrochais.

Le froid et la fatigue aidant, je finis par m'endormir. Je ne saurais dire à quelle heure.

Comme il est difficile de vivre avec un être qu'on déteste,
300 quand cet être, c'est vous-même.

Cette nuit je fis mon premier cauchemar, qui devait être suivi de beaucoup d'autres. Partout sur mon corps poussaient des piquants et des feuilles de chardon gigantesques. D'abord elles étaient blanches et givrées. À mesure qu'elles grossissaient,
305 mes bras et mes jambes se transformaient en d'immenses tiges pleines de pointes qui me blessaient au moindre geste. Le givre disparaissait et, à mesure que les tiges gonflaient, elles prenaient de la couleur : un vert de plus en plus intense. D'énormes bourgeons apparurent, s'ouvrirent enfin pour révéler de mons-
310 trueuses fleurs jaunes – le jaune pâle du timbre transparent... Je m'éveillai en sursaut, tiré de mon sommeil par mes propres cris. Je tâtai mes bras pour bien m'assurer qu'ils n'avaient plus ces piquants, ces fleurs affreuses. Une fois calmé, avec remords, je constatai que mon acte pénétrait jusqu'aux moindres replis de
315 mon existence. Il me dévorait, dénaturait tout, sans épargner même mes beaux chardons de givre, ceux que j'avais aimé contempler sur mes vitres ; le peu de beau qui me restait, il le transformait en horreur.

BIEN LIRE

CHAPITRE 10
• **D'après vous, pourquoi peut-on dire que Jeff n'est pas complètement honnête dans ses rapports avec Dieu ?**
• **Quels éléments du paysage réel s'introduisent dans le cauchemar ? Quelles transformations subissent-ils ? Pourquoi, à votre avis ?**

11

Le matin, je ne me précipitai pas vers le tiroir. Au contraire, je m'en approchai lentement. Je craignais cette épreuve. Mais il fallait l'accepter. Je ne fus guère étonné de trouver, dans le double fond du Whitfield's Sampler, les timbres disposés exactement de la même façon. Je me résignai dès lors à ne plus compter sur le miracle.

En allant à l'école, je ne cessais pourtant de me rassurer. Tout, sûrement, pourrait se rattraper. Pour aider la chance et renforcer mon espoir, j'avais soin de garder mes doigts croisés l'un sur l'autre.

Comme j'étais arrivé l'un des derniers, je ne pus discerner l'attitude de Willy ni de Ronald. Impatient de savoir, je n'arrêtais pas de les regarder. Mais eux ne quittaient pas des yeux Miss Martel, pendant qu'elle nous expliquait pourquoi il ne fallait pas tricher dans le test d'orthographe qu'elle allait nous donner.

Le test terminé, elle annonça qu'elle était appelée au bureau du directeur et désigna une élève modèle pour exercer la surveillance pendant quelques instants.

Dès qu'elle fut sortie, ce fut la foire. Un garçon, derrière Willy, déclara à la cantonade qu'il pouvait roter sur commande.

– Vas-y. On ne demande qu'à voir !

– Alors, essaie. Je parie dix cents[1] que tu ne peux pas !

---

1. Dixième d'un dollar.

Tous s'étaient tournés vers lui, attentifs et railleurs. Pour mieux les dominer, il grimpa sur son pupitre couvert de graffi-
25 tis[1]. Retenant son haleine, il gonfla les joues, devint rouge, et finalement dut renoncer.

Tout le monde s'esclaffait[2], se moquait de lui pendant qu'il abandonnait, non sans résistance, ses dix cents. Willy, du fait qu'il s'était tourné pour assister au spectacle, avait dû forcément
30 me regarder. Je lui fis un signe, qu'il me rendit laconiquement, sans enthousiasme. Mais Ronald qui nous avait vus, me lança à haute voix :

– Alors, tu les as bien cachés, j'espère, les timbres de Willy. Hein, petit voleur ?

35 La classe se déchaîna. Tout le monde voulait savoir. L'histoire se répandait de tous les côtés à la fois. Dans un remous de mur- mures intarissables[3], on m'adressait des rires méprisants. À dater de cet instant-là, une deuxième lutte, beaucoup plus dure, allait commencer pour moi.

40 Willy protestait. Entre lui et Ronald éclatait une violente querelle[4] que j'entendais à peine à travers les cris de « Voleur ! » et de « Salaud ! » qui me pleuvaient de toutes parts. Cependant, je pus deviner que Willy n'était pas content :

– Ronald, je t'avais demandé de ne rien dire, d'attendre. Tu
45 m'avais promis.

---

1. Petites inscriptions.
2. Riait très fort.
3. Incessants.
4. Dispute.

Moi, je sentais sur ma figure le même sourire gêné, niais, que j'avais eu le premier jour, lors de ma présentation à la classe.

Le désordre attira deux institutrices qui entrèrent brusquement et commencèrent des tirades sur la bonne conduite[1]. Miss Martel reparut enfin. Elle nous menaça d'une forte punition collective « si nous recommencions ».

Pendant l'heure de grammaire, il lui arriva d'appeler mon nom. J'étais tellement troublé que je mis quelques secondes à me rendre compte qu'elle s'adressait à moi. Ce qui me valut un zéro d'application et les ricanements de la classe.

J'aurais voulu me faire tout petit quand Miss Martel commença à décortiquer[2] au tableau noir une phrase où se trouvait le mot voler. On ne me rata pas. Toute la classe rigolait, me désignant du doigt :

— Demandez à Jeff !

— Oh oui, c'est tout à fait la phrase pour Grosse-lèvre. Lui, c'est un expert[3] !

— Bon, je vous avais bien prévenus. Toute la classe sera retenue vingt minutes de plus ce soir ! s'écria Miss Martel.

Pour finir, elle nous garda à peine dix minutes. C'était visiblement une punition pour elle autant que pour nous. Tandis que j'attendais ainsi le moment de sortir, mes craintes allaient croissant. Si seulement mes yeux avaient pu arrêter l'aiguille de cette pendule. Je réfléchissais sur les mesures à prendre. Bref,

1. Discours moralisateurs.
2. Analyser avec précision.
3. Spécialiste.

70 sur le rôle – il faut appeler les choses par leur nom – que j'allais devoir jouer. J'optai enfin pour celui – bien détestable aussi – de l'indignation et de la protestation véhémente[1]. J'offrirais au besoin de laisser fouiller ma chambre, la maison. Après tout, qui serait assez fin pour penser à la boîte à double fond ?

75 L'occasion ne tarda point à se présenter. En sortant de l'école, je trouvai devant moi tout un attroupement de garçons qui s'amusaient à la fontaine à s'asperger d'eau glacée. La plupart étaient dans d'autres classes ; je les connaissais à peine. Eux cependant me reconnurent tout de suite.

80   – Voleur ! Grosse-lèvre est un voleur !

– Mais non, pas un voleur, un grand voleur !

– Salaud, va !

Je refoulai mes larmes et protestai de toutes mes forces. Cependant, au fond de moi-même, je trouvais ces appellations 85 aussi méritées que les persécutions de naguère m'avaient paru injustes.

– C'est faux ! C'est tout inventé. Où sont les preuves ? Vous n'en avez pas !

– Bien sûr, riposta Ronald, puisque c'est toi qui les as, les 90 preuves !

Tous riaient et Ronald se rengorgeait, jetait un regard à la ronde.

– Vous cherchiez un prétexte pour me brimer, m'écriai-je. Et enfin vous l'avez trouvé. Bravo. Depuis le début vous m'avez

---

1. Violente.

₉₅ repoussé. Vous avez ricané dès le premier jour, rappelez-vous
bien !

— Il y avait de quoi ! répliqua Ronald, flatté de récolter de
nouveaux rires admiratifs.

— Et comment ! Regarde, je crois que Grosse-lèvre va pleurer.

₁₀₀ — Ça pleurniche comme une fille.

— Hé, viens plus près, montre ta lèvre épaisse, et on t'arrangera l'autre pour qu'elle soit pareille.

Grande rigolade.

— Ah, ne te salis pas les mains, dit Ronald, il ne vaut pas la
₁₀₅ peine.

À ce coup, je ne me contins plus. Hurlant de toutes mes
forces, je tentai de l'accabler à mon tour :

— C'est toi qui as pris les timbres. C'est toi et tu cherches à
te couvrir en m'accusant. Tu es abominable !

₁₁₀ Ronald ricanait :

— Moi, prendre les timbres ? Tu es fou. Avec ce que me donne
mon père, je pourrais m'en acheter dix fois plus, de beaucoup
plus beaux.

— Et alors ? Tu les as pris uniquement pour m'accuser, parce
₁₁₅ que tu ne m'as jamais aimé. Je l'ai toujours senti. Tu l'as fait
pour me briser, voilà.

Cet argument[1] eut son effet ; les garçons semblaient réfléchir.

Quelques filles s'approchaient également. Je poussai mon
avantage :

---

1. Idée qui soutient un raisonnement.

120   – Tu voulais me fâcher avec Willy et voilà ta manœuvre.

– Tu penses ! Je me suis laissé fouiller par Willy, moi. Pas toi. Alors, demande à Willy qui a raison. Tu verras ce qu'il te dira, lui. Dis-nous un peu pourquoi tu n'as pas voulu te laisser fouiller ? Allons, dis-le.

125   – Parce que cela ne se fait pas entre amis, tu le sais bien.

Tout le monde éclata de rire.

Quelqu'un lança :

– Le beau prétexte. Tu penses que ça va prendre ? Quel imbécile !

130   « Ça ne se fait pas, ça ne se fait pas », chantait un autre, en me singeant[1].

Je m'étonnais moi-même des échappatoires[2] que j'inventais, car je trouvai à riposter :

– Il ne t'a pas vraiment fouillé. Il t'a à peine tâté sur les côtes 135 et même pas toutes les poches. Et tu appelles ça fouiller ? Ces timbres, tu aurais pu les cacher sous ta ceinture, par exemple.

– Mais non ! protesta une fille que je connaissais à peine, et qui, comme tout le monde, semblait au courant des moindres détails. Ronald a quitté la pièce tout de suite. Il n'a pas eu le 140 temps. Il était avec Willy. Voleur ! On l'a bien deviné le premier jour, ce que tu valais, ah ça !

Enfin Willy arriva et son intervention me sauva certainement d'une raclée.

---

1. Imitant.
2. Moyens inventés pour se tirer d'une difficulté.

– Laissez-le tranquille. Je vous dis de le laisser tranquille.
145 Toi, Ronald, petite pipelette[1], tu n'as pas tenu ta promesse. Il
fallait que tu clabaudes[2] partout, hein ? Eh bien, voilà, c'est
fait, tu peux être fier. Maintenant, laisse Jeff tranquille. Tu ne
vois pas qu'il est plus petit que toi ? Voyons, laissons-le, dit-il
tristement, en emmenant tout le monde. C'est un pauvre
150 type.

En m'éloignant, je mesurai vraiment quelle perte j'avais faite
en perdant Willy. Que de chemin parcouru, quel abîme, entre :
« Tiens, Jeff est plus fort qu'on ne le pense ! » et « C'est un
pauvre type ».

155 À cet instant, je reçus dans le dos un coup si fort qu'il me fit
tousser. Une boule de neige lancée violemment. Impossible de
savoir par qui, ils avaient tous le dos tourné.

Par lâcheté, je l'avoue, je demandai à ma mère de me laisser
rentrer chaque jour déjeuner. J'imaginais le réfectoire grouillant
160 qui, dès la moindre absence du surveillant, devenait un champ
de bataille médiéval[3], où couteaux se transformaient en épées et
cuillers en lance-haricots. Entre ces tables serrées et surpeu-
plées, où aurais-je pu me glisser sans être aussitôt le point de
mire[4] de toute la salle ?

165 Elle s'étonna :

– Mais... L'autre jour tu étais ravi de rester au réfectoire pour

---

1. Commère, personne qui aime bavarder.
2. Médises sans raison.
3. Du Moyen Âge.
4. Centre des regards.

déjeuner avec Willy et ses amis. Comme tu es déconcertant[1]...
Évidemment, reprit-elle en appuyant son fer sur la planche à
repasser, je suis toute seule à midi, cela me ferait plaisir que tu
170   rentres. Tu as pensé à ça peut-être ? Oui ? Comme c'est gentil !
Mais non, mon petit, reste au réfectoire avec tes amis. Non ?
Alors, fais comme tu veux... Tiens, voilà ta chemise. Regarde ce
que j'ai trouvé dans la poche. Combien de fois t'ai-je demandé
de tout vider ? C'est de ma faute aussi, bien sûr, mais j'ai telle-
175   ment à faire que j'ai oublié de vérifier.

Elle me tendait une petite pâte informe de papier mâché et
déteint. Aussitôt je me rappelai. Le beau timbre transparent
qu'avec quelques autres j'avais fourré dans ma poche avant
d'ouvrir le bouton de ma chemise. Délavés, broyés, mécon-
180   naissables ! En rentrant le soir du vol, mon désarroi[2] était si
grand que je les avais oubliés.

– Oh, maman, dis-je désolé. Tu aurais pu faire attention. Ils
étaient très beaux ces timbres.

– Je suis navrée, mais Jeff, tu es un peu responsable, tu sais.

185   Je retournais entre mes doigts la pâte ridicule, sans pouvoir
même distinguer exactement lequel avait été le timbre transparent. « Un peu responsable, en effet ! » me dis-je en empochant
l'objet. Ce timbre carré, dentelé, dont sur la page d'album, la
beauté m'avait fasciné, n'était plus qu'une chose informe, déna-
190   turée, laide comme mon geste.

---

1. Bizarre, déroutant.
2. Trouble.

Ma mère m'observait :

– Mais jette-le, voyons. Tu n'as aucune raison de garder ça. Tu mets ça dans ta poche ? Pourquoi ?

– Parce que... murmurai-je, sortant brusquement de la pièce.

195   – Quel drôle de gosse !

À l'école, comme je l'avais prévu, on ne manqua pas de ricaner :

– On ne te voit plus au réfectoire ? Tu n'as pas peur de nous, j'espère ?

200   Désormais les élèves se montraient réellement hostiles. Le premier contact, en comparaison m'apparaissait maintenant comme une manifestation d'amitié. On ne me ratait jamais. On ne manquait pas une occasion de me glisser :

Voleur !

205   – Grosse-lèvre est un petit salaud !

Je continuais à protester, mais on ne me répondait que par des ricanements. Je n'avais jamais été l'objet de tant d'attention. Toutes les animosités[1] se concentraient sur moi, à tel point que les autres têtes de turc[2] – par exemple la fille qui
210   avait de l'acné[3] – connurent, pour un temps du moins, de véritables vacances.

– Tiens, je ne retrouve plus mon foulard, disait une fille en allant chercher son manteau dans l'armoire. Grosse-lèvre, c'est toi ?

1. Agressivités.
2. Victimes désignées par les bourreaux.
3. Maladie de la peau caractérisée par des boutons sur le visage.

215   — Bien sûr, que c'est lui ! enchaînait un autre qui se précipi-
tait sur mes affaires pour les fouiller et les jeter ensuite sur le
plancher boueux.

    — Tu perds ton temps, disait un troisième. Il l'a sûrement
déjà caché. Ce n'est pas la peine de chercher, c'est un expert de
220 la cachette. À moi il m'a pris une boîte d'aquarelles, je ne l'ai
jamais revue. Alors, ton foulard, tu peux lui dire adieu !

    — À moi il m'a pris des comics...

    — Mon beau morceau de craie bleue a disparu... Grosse-lèvre ?

    Je ne sais pas qui le faisait, mais depuis l'histoire des timbres,
225 il y avait une véritable razzia. D'autres certainement, assurés de
l'impunité[1], se régalaient à mon compte.

    Au fond de la classe, près des fenêtres, il y avait un immense
dictionnaire de plus de trois mille pages qui servait d'intermé-
diaire à des notes archi-secrètes passées entre filles, ou à des
230 crayonnages indécents échangés entre garçons. Sous prétexte de
consulter ce gros livre, l'expéditeur, d'accord avec le destina-
taire[2], glissait la feuille dans une page qui portait habituelle-
ment un mot tabou. Un jour je reçus une boulette sur la tête.
Je me retournai. Ronald et d'autres me chuchotèrent d'aller au
235 dictionnaire regarder au mot « chaparder[3] ». Je feignis d'abord
de ne pas comprendre. Enfin, brûlant de curiosité, je me hasardai. Entre les pages, je trouvai une caricature[4] cruelle de moi,

---

1. Absence de punition.
2. Celui à qui est destiné le message.
3. Voler des objets sans grande valeur.
4. Dessin qui exagère les défauts physiques.

de ma lèvre. Ils m'avaient fait une affreuse patte d'oiseau qui serrait des timbres.

240 Seul Willy pouvait avoir suffisamment d'influence sur les autres pour mettre fin à cette situation intenable. À tout prix, il me fallait obtenir une explication avec lui, mais il n'était jamais seul. Enfin, un après-midi, pendant la récréation, je le croisai devant les lavabos. Sans me regarder, il se mouilla les
245 mains, écarta de son front sa mèche blonde.

Il allait partir comme s'il ne m'avait pas vu. Je le rattrapai.

– Willy, pourquoi avez-vous fait cela, toi et Ronald ? Pourquoi m'accuser de vol ? Tu sais bien que c'est faux. Est-ce parce que vous voulez me voir souffrir ?

250 – Ne pleure pas, tu perds ton temps. Tu n'avais qu'à ne pas les prendre, mes timbres...

– C'est faux, c'est faux ! Tu n'as aucune preuve...

– Voyons, me dit-il avec beaucoup de calme. Qui d'autre aurait pu...

255 – Mais Ronald. C'est lui ! Sinon, alors c'est toi qui les as cachés pour pouvoir m'accuser.

– Tu me vois faisant cela ? Voyons ! Est-ce que ça me ressemble ? D'ailleurs, quand l'aurais-je fait ?

– Et Ronald, tu crois tout ce qu'il te dit, lui ?

260 – C'est évident qu'il ne les a pas pris. Il est venu tout de suite me rejoindre au salon. D'ailleurs, je l'ai fouillé, lui.

– Mais pourquoi ne m'as-tu pas fouillé, moi ? Je t'ai dit d'y aller. Pourquoi ne l'as-tu pas fait ?

– Parce que tu m'avais fait un chantage[1] à l'honneur et à
265 l'amitié. Quant à l'amitié... enfin. Il n'y a que toi qui aies pu les
prendre, tu le sais bien.

– C'est faux !

Et là, devant ces lavabos où un robinet mal fermé hoquetait[2]
bruyamment, je me jetai dans ses bras.

270 – Ne pleure pas, Jeff...

Il ne me repoussa pas. Au contraire, il me prit dans ses bras
presque avec douceur. Sa voix n'avait plus la même fermeté ;
c'était la voix de « l'Homme sur la Montagne » qui me disait :

– Je t'aimais bien, tu sais. Si seulement Ronald avait tenu sa
275 promesse...

– Comment ? demandai-je, feignant de ne pas comprendre.
Quelle promesse ?

– Oui, sa promesse de ne rien dire à personne. J'allais
attendre que tu me les rendes, ces timbres. J'attends, d'ailleurs,
280 j'attends toujours. J'attendrai une semaine, et puis, si tu ne me
les as pas rendus, je te foutrai une trempe[3]...

– Tu ferais ça ? Mais je te dis que tu te trompes. Oh, je sais
bien, tout semble indiquer que c'est moi. Je ne comprends pas
moi-même. Mais je ne l'ai pas fait, je te jure que je ne l'ai pas fait.

285 Longuement, il sonda mes yeux[4], y chercha une explication.
Puis il me lâcha, et, s'éloignant, répéta, très calme :

---

1. Pression morale.
2. Coulait de manière irrégulière.
3. Donnerai une gifle (expression familière).
4. Me regarda longuement, avec attention.

— Dans une semaine, tu auras ta trempe, après la classe, sur le champ de récréation.

J'affectai un air subtil[1] et repris mon seul, mon pauvre argu-
290 ment :

— C'est toi qui as caché ces timbres chez toi. Tu cherches à me faire souffrir.

Il sortait déjà de la pièce quand il me lança :

— Pauvre Jeff, comme tu es laid quand tu mens.

295 Aucune réponse n'était possible. Ces paroles me clouèrent sur place. Longtemps je restai là, immobile. Laid, en effet. Un être, en moi, était mort, en échange, il en restait deux : un voleur et un comédien qui protégeait ce voleur.

Pouvais-je encore rendre les timbres à Willy en le suppliant
300 de faire semblant de les retrouver ? Non, il y avait eu Ronald, ce témoin trop bavard. Et puis, me disais-je, en tirant de ma poche la petite pâte ridicule, le timbre transparent est mécon-naissable. De quel droit vouloir être cru si je montrais cette pauvre chose ?

305 J'avais remis la pâte dans ma poche, sans la lâcher. Je la détes-tais, mais elle me fascinait. Je n'allais pas la jeter.

— Qu'est-ce que tu fais là ? me dit le balayeur qui passait dans une puissante odeur de désinfectant. Qu'est-ce que tu regardes ? C'est toi qui as laissé ce robinet ouvert ?

310 — Non, dis-je en m'empressant de le fermer. Il était dur, pourtant j'y réussis d'un seul coup.

---

1. Fin, perspicace.

– Tiens, tiens, observa le bonhomme d'un ton moqueur. Il est adroit de ses mains, ce petit !

Même ces innocentes paroles avaient tout l'air de m'accuser.
315 Décidément, je ne pourrais jamais trouver une seconde de paix. Je m'étais résigné d'ailleurs, persuadé que rien ne serait suffisant pour me punir. Les allusions, même les méchancetés injustes, je les acceptais. Elles me faisaient mal, et cependant elles me soulageaient dans la mesure où je croyais les mériter.

320 Je ne pouvais pas quitter la pièce sans passer devant les glaces. J'essayai de les éviter. Mais l'attraction était trop forte. En voyant mon image, instinctivement je me dis à haute voix : « Pauvre type ».

Le balayeur l'avait entendu :

325 – Dis donc, petit malin ! C'est à moi que tu parles comme ça ! Tu vas voir.

Laissant tomber sa serpillière, il s'avança vers moi. Je me sauvai. Il retourna à son travail en maugréant[1] :

– Ah, sapristi ! Je me crève pour eux et voilà comment ils me
330 remercient. Ce qu'ils sont mauvais, ces gosses !

---

1. Marmonnant avec mauvaise humeur.

BIEN LIRE

CHAPITRE 11
• **Que pensez-vous de la métamorphose du beau « timbre transparent » ?**
• **Les raisons que se donne Jeff pour ne pas rendre « les timbres » vous paraissent-elles valables ? Pourquoi ?**

12

Un après-midi, j'eus l'impression que Miss Martel me regardait trop souvent et d'un air soupçonneux.

En effet, pendant la récréation, elle me pria de rester après la classe, me disant qu'elle avait convoqué ma mère, car elle avait
5 « quelque chose à discuter » avec nous deux.

Enfin, j'attendis seul dans la salle avec l'institutrice. Pour éviter ses yeux, je concentrais les miens sur une plaque au mur. Nous la connaissions par cœur :

« Cette salle est dédiée à la mémoire de Eliott Empson
10 Ellsworth, premier principal de la Mary Noailles Murfree Elementary School, 1923-1934, qui mourut à son poste la tête haute et l'âme pure. »

J'eus de la peine, et de la peur, en voyant arriver ma mère, quand je remarquai son air inquiet.
15 Avant de lever les yeux sur nous, Miss Martel nous fit patienter un instant. Elle remuait des papiers sur son bureau, comme un fonctionnaire qui cherche à intimider le solliciteur[1].

– Vous vouliez me voir ?... hasarda ma mère.

Je m'attendais au pire, anxieux de savoir jusqu'où m'entraî-
20 nerait le courant où ma folie m'avait plongé.

– Oui, madame, vous devez savoir que Jeff a du mal à s'adap-

---

1. Personne qui vient déposer une demande.

ter, ou plutôt à... quel est le mot?... à s'intégrer à la classe. Évidemment, c'est un nouvel élève. Changer d'école est toujours
difficile. Je vois bien que ce n'est pas une question de milieu
25 social. Car il n'y a pas que des enfants de médecins ou
d'hommes d'affaires. Les autres s'intègrent très bien. Donc, ce
n'est certainement pas cela. D'ailleurs, nous inculquons[1] ici à
nos élèves un esprit démocratique[2], un esprit de coopération[3]
et d'égalité. C'est surtout, je crois, le problème de coopération
30 et d'adaptation qui semble être difficile pour Jeff.

« J'avais déjà remarqué à plusieurs reprises qu'il ne faisait
aucun effort pour participer aux jeux pendant la récréation.
Bien entendu, j'avais incité les autres élèves à l'inclure dans
leurs jeux. Mais ils ne voulaient pas de lui. Il doit y avoir une
35 raison...

« Vous m'excuserez si je dis tout ceci devant votre fils. Il en
tirera, c'est ma théorie, un profit qui le rendra plus sociable
dans l'avenir. Vous savez comme moi que, s'il est important
d'apprendre à un enfant l'histoire et la grammaire, il est essen-
40 tiel d'en faire un être bien adapté à son milieu social. C'est là,
hélas, où Jeff est un peu faible. Je ne voudrais pas lui donner des
complexes[4], bien au contraire...

– De quoi s'agit-il? demanda ma mère impatiente. Vous
m'avez fait venir pour autre chose, j'en suis sûre.

---

1. Enseignons.
2. Égalitaire.
3. Entre-aide.
4. Le rabaisser.

45   – Eh bien, Jeff est devenu un peu rêveur depuis quelque temps. Ses devoirs sont tous à reprendre. Quand je lui pose une question, il a l'air totalement absent. Mais il y a plus grave. J'ai été mise au courant l'autre jour pendant notre heure d'histoire. Il était question de la Loi sur le Timbre et subitement
50 toute la classe s'est mise à murmurer et à ricaner. Un élève a interpellé Jeff pour lui demander de nous expliquer la Loi sur le Timbre...

    – Où voulez-vous en venir ?...

    – Vous allez voir. Le même jour, comme j'avais manifesté de
55 l'étonnement, deux filles, pendant la récréation, sont venues de leur plein gré[1] me raconter l'histoire. Il paraît que Jeff est accusé d'un certain nombre de vols, notamment d'un album de timbres appartenant à Willy Aldridge et valant quelques centaines de dollars...

60   – C'est faux, c'est faux ! protestai-je.

    – Ne m'interromps pas, reprit Miss Martel. Ces accusations sont inexactes, je veux bien le croire. Mais elles montrent en tout cas que Jeff n'a pas réussi à s'adapter.

    – C'est impossible, s'écria ma mère stupéfaite. Jeff est au-delà
65 de tout soupçon, je vous assure. S'il avait jamais fait quoi que ce soit – volé par exemple – je vous le dirais franchement, mais je vous jure que c'est inconcevable[2]. Voyons, il a apporté un paquet de timbres à ce même Willy pour son Noël. Alors,

---

1. Volontairement.
2. Impensable.

croyez-vous vraiment qu'un garçon capable de ce geste puisse

70 voler le même ami quelques semaines après ? Allons, allons...

– Mais vous ne me laissez pas m'expliquer, poursuivait Miss Martel. Je n'ai jamais accusé votre fils de quoi que ce soit. J'ai simplement dit que ces calomnies[1]... enfin ces accusations, reflètent un échec de la part de Jeff pour s'adapter à ce milieu social.

75 – Quel milieu social ? demanda ma mère, un peu piquée[2].

– Oh, qu'il n'y ait aucune méprise[3]. Mon intention n'est pas de prétendre que ce milieu soit différent du vôtre. Comme je vous l'ai dit, c'est un esprit d'égalité qui règne ici. Bref, il y a peut-être quelques différences de... climat, mettons, qui ont

80 rendu l'adaptation difficile pour Jeff...

– Enfin... insista ma mère, pourquoi m'avez-vous demandé de venir ?

– Eh bien, voilà. Pour que vous m'aidiez. Pour que, ensemble, nous puissions aider cet enfant, l'aider à s'intégrer...

85 Quand nous sortîmes de chez Miss Martel, ma mère et moi, nous étions bouleversés tous les deux, mais non pas pour les mêmes raisons. Maman, stupéfaite, outrée, plaignait « son pauvre Jeff, accusé à tort ». Moi, je m'étais bien douté que, tôt ou tard, l'épidémie gagnerait la maison. Je n'en étais pas moins

90 navré[4] de constater que c'était chose faite.

Ma mère m'avait pris la main et nous marchions ensemble dans la neige vers la maison. Mais je me sentais indigne de cette

---

1. Accusations mensongères.
2. Vexée.
3. Malentendu.
4. Profondément désolé.

main. Bientôt, je trouvai un prétexte :

— J'aime te tenir la main, maman, bien sûr, mais tu com-
95 prends, si l'un des élèves me voyait... Tu ne m'en veux pas ?

— Bien sûr que non, mon garçon.

Retirant ma main, je la plongeai dans ma poche où je retrou-
vai la pâte dérisoire. Ma mère me regarda bien droit dans les
yeux et me dit :

100 — Jeff, j'aime les réponses nettes, elles me rassurent. Après, je
n'y pense plus. Bien sûr, je ne peux pas croire un instant que tu
aies volé quoi que ce soit. Mais jure-moi simplement que tu
n'as rien pris...

Il y a des questions qui désirent tellement une réponse affir-
105 mative qu'il est impossible de la refuser.

— Je le jure.

Pour moi, pour elle aussi, il me fallait mentir.

— Bien, Jeff, c'est tout ce que je voulais entendre.

Elle semblait respirer. La paix que ma réponse lui avait appor-
110 tée m'aidait à supporter mon mensonge. Mais chez elle cette
paix fut brève. Bientôt l'indignation monta, et quand nous
fûmes rentrés à la maison, elle l'exhala[1] devant mon père :

— C'est abominable ! Ces gosses, accuser Jeff d'avoir volé ! Et
tu ne devineras pas le plus beau. Celui qui a lancé ces rumeurs
115 de vol, c'est Willy.

— Non, bafouillai-je, ne pouvant souffrir[2] que Willy fût
accusé. C'est Ronald...

1. Laissa sortir.
2. Supporter.

– Ronald ? s'étonna ma mère. Mais ce sont bien les timbres de Willy ?...

120 – Oui, mais...

Et je leur racontai l'histoire, ou plutôt le plus de vérité possible, ce qui n'était pas grand-chose. C'était d'autant moins que je mettais tout sur le dos de Ronald :

– Alors, évidemment, ça donne l'impression que c'est moi, 125 puisque j'ai été longtemps seul dans la pièce. Toutes les apparences sont contre moi, je ne sais plus quoi répondre. Je n'y comprends rien. Est-ce que Ronald les a pris, ou même Willy, je n'en sais rien.

Je me découvrais un talent détestable pour le mensonge. Ce 130 qui n'était pas un simulacre[1], c'est la tête que je devais faire.

– Regarde-le, dit ma mère qui retenait à peine ses pleurs. Regarde l'état où ces abominables enfants l'ont mis, notre pauvre Jeff. Ils sont incapables de réfléchir au mal qu'ils peuvent causer.

« Moi y compris », pensai-je amèrement.

135 Ma mère, affectueuse, caressait mes cheveux :

– C'était ça, ta peine de l'autre soir ? Quand tu avais quelque chose à me dire et que tu hésitais ? Mais pourquoi ne me l'as-tu pas raconté à ce moment-là ? Dis, pourquoi ?

– Je ne sais pas... murmurai-je.

140 Puis, on parla du problème, posé par Miss Martel, de mon « intégration sociale ».

– Mais, observait papa qui semblait perplexe, je ne com-

1. Fausse apparence.

prends pas pourquoi tu ne te défends pas. Bien sûr, tu es moins fort que les autres. Mais tu n'as qu'à leur flanquer quelques
145 coups de poing et tu verras : ils bluffent[1], ces grands pleutres[2]. Moi aussi, j'étais plus petit que les autres à ton âge, mais je me faisais respecter. Si l'on t'accuse à tort, défends-toi, défends la vérité. Et même, quoi qu'il arrive, mieux vaut perdre une bagarre et avoir raison que d'agir en lâche. Même s'ils te font
150 un peu mal, tu n'en mourras pas...

De son point de vue, mon père avait raison. Mais je ne me sentais pas la force de soutenir une pareille cause...

— Allons, protesta ma mère, ne l'encourage pas à se battre. Tout de même. Qu'il se fasse respecter, oui, mais c'est tout.
155 — Bats-toi, s'il le faut.

— Justement, enchaînai-je tristement. Il va falloir que je me batte dans une semaine. Willy me promet une trempe si d'ici-là je ne lui rends pas ses timbres... Comme ça, dis-je avec un haussement d'épaules, vous voyez, je n'ai qu'à attendre la trempe.
160 — Quoi ! Willy t'a dit cela ? s'écria ma mère. Il est donc pire que les autres, pour finir.

— Mais non... bafouillai-je.

— Mais si, parce que lui a fait semblant d'être gentil au début. Penser qu'il a pu t'accuser, quelques semaines après le cadeau
165 que tu lui as porté ! Quel faux-jeton !

Subitement pensif, mon père observa :

---

1. Tentent de tromper.
2. Peureux.

– Ça me semble tout de même bizarre que la chose prenne
de telles proportions. Que des enfants se reprochent de petites
choses, c'est banal. Mais une telle accusation ! des timbres
170 valant quelques... Quel est le chiffre ?

– Quelques centaines de dollars, répondit ma mère.

– Mais non, protestai-je vivement. On exagère beaucoup. En
tout, ça doit valoir cinq dollars à peu près, pas plus...

C'était vrai. J'étais soulagé, pour une fois, de dire une vérité.
175 Mais déjà je regrettais ces paroles quand mon père me
demanda :

– Comment le sais-tu ?

Déconcerté, je fis semblant de me fâcher :

– Ah ! c'est toi qui m'accuses maintenant ! Tu es comme les
180 autres !

Ma mère, sans le vouloir, vint à mon secours :

– Mais évidemment, il le sait, ou à peu près. Il a regardé ces
timbres avec Willy pendant des heures et ils passaient leur
temps à en chercher les prix dans le catalogue. D'ailleurs, ça va
185 de soi, Willy n'est pas riche ; où trouverait-il l'argent pour
s'acheter des timbres de prix ?

Mon père m'attira contre lui, me serra affectueusement :

– Je te demande pardon, Jeff, si je t'ai donné l'impression que
je doutais de toi. Tu me pardonnes ?

190 Je fus obligé de répondre « oui ». Je cherchai à me dégager
doucement de la main de papa, comme j'avais fait avec maman.
J'avais honte de leur contact.

Mon père s'en froissa[1] :

— Tu es bien peu affectueux, depuis quelque temps.

195 — Rien d'étonnant, expliqua ma mère, qui venait encore à mon secours. Dans l'état où ces petits monstres l'ont mis. Penser que toi, tu vas chez Willy, lui porter des timbres pour son Noël, pendant qu'il est grippé. Et voilà comment il te paie de ta gentillesse. Tout de même. Ah, tu peux lui en donner, des 200 leçons de loyauté[2] !

Il m'était pénible d'entendre parler ainsi de Willy :

— Mais non, je ne crois pas que ce soit Willy. Ça doit être Ronald qui les a pris...

Disculper[3] Willy me soulageait autant que d'accabler 205 Ronald. Aussi je continuai de plus belle :

— Mais oui ! C'est lui. Il était jaloux de moi depuis le premier jour. Il me détestait parce que Willy était gentil pour moi !

— Calme-toi, Jeff, disait ma mère. Viens près de moi. Si tu as du chagrin, tu sais, nous sommes là pour ça.

210 Et comme je ne venais pas, c'est elle qui s'approcha de moi. Mais ses mains avaient perdu pour moi le pouvoir d'effacer les chagrins. Je pouvais me résigner à mentir pour ne pas leur faire de peine, ne pas aggraver encore ma situation de paria[4], ne pas être expulsé de l'école (car je craignais l'expulsion). Mais je ne

---

1. Vexa.
2. Honnêteté.
3. Innocenter.
4. Exclu de la société.

215 pouvais pas accepter le réconfort de caresses obtenues par le mensonge.

Au premier contact de leurs mains, je ne fus plus maître de moi. À la stupéfaction[1] de mes parents, je partis en courant. Je n'arrêtai que lorsque je fus dans ma chambre, ma porte refer-
220 mée.

«Défends la vérité», résonnait dans ma tête comme une moquerie. Longtemps, je restai étendu sur mon lit, serrant la petite pâte dérisoire, cherchant vainement quelque trace du beau timbre transparent. Enfin, je me mouchai et me dressai
225 sur le lit. Mes yeux se fixèrent sur la commode qui contenait le Whitfield's Sampler. Je n'avais pas osé ouvrir de nouveau le double fond de la boîte depuis le lendemain du vol.

Tout à coup, je fus saisi d'une joie étrange :

– Les timbres n'y sont plus, je le sais. Dieu les a enlevés pour
230 moi. Si, si, Dieu les a rendus à Willy!

Hélas non! Mon espoir avait été bien court. Les timbres étaient toujours là, disposés exactement de la même façon. Dieu ne les avait même pas déplacés.

Je sentis la même fascination m'envahir à nouveau. Les
235 timbres étaient là, dans cette boîte, les timbres de Willy! Cette fascination me faisait peur, comme l'autre fois, les gouttes de sang sur le bras de ces deux filles.

Personne sinon moi ne le saurait jamais! Les timbres de

---

1. Étonnement intense.

« l'Homme sur la Montagne ». « Tiens Jeff est plus fort qu'on ne
240 le pense. » Je me rappelais ma sensation, quand je l'avais saisi à
bras-le-corps, entraîné jusqu'au bas de la pente.

Et la joie de lui faire un cadeau! Retrouver cet élan? Impossible! À ses yeux je n'étais plus qu'un « pauvre type ».

Quelqu'un frappa à ma porte. Saisi de peur, je fermai le
245 double fond, en un éclair. Était-ce Willy qui venait perquisi-tionner[1]?

– Qui est là?

On frappa de nouveau, tout doucement:

– C'est moi, Bubby, je peux entrer? Non? Pourquoi, Jeff?

250 Je dois le dire – puisqu'ici je dis tout, même quand ce n'est pas bien beau – la souffrance que je discernais dans le « pour-quoi » de Bubby me soulageait un peu. Ce qui me rend méchant, c'est moins parfois la méchanceté d'autrui que le dégoût qu'on a de soi-même.

255 – Parce que je ne veux pas te voir, voilà tout.

« Tu es encore là? » repris-je.

– Je voulais savoir ce que tu voulais pour ton anniversaire?

– Rien? Que tu me laisses tranquille, voilà tout.

Les pas redescendirent l'escalier. Saisi de remords, je voulus
260 le rappeler. Mais je m'abstins[2].

D'une main tremblante, je rouvris le double fond. En même

---

1. Faire une fouille autorisée par la loi.
2. Ne le fis pas.

temps, une idée me vint. Après tout, mes parents ignoraient quels timbres avaient été volés. Alors, pourquoi ne pas les leur montrer ?

265   Cette idée m'obsédait. Soigneusement, je les préparai, les arrangeant joliment dans plusieurs pochettes de cellophane[1]. Et je descendis.

– Regarde, papa. Tu ne les trouves pas beaux, ces timbres ?

– Oui, Jeff, bien sûr, dit-il en leur jetant à peine un coup 270 d'œil. Mais ne te sauve jamais plus comme tu l'as fait tout à l'heure. Tu as fait de la peine à ta mère, et...

– Regarde, papa, insistai-je. Comment trouves-tu ceux-ci de la Martinique ? (Je prononçais « Martiniquiou[2] »). Mais tu ne les regardes pas !

275   – Tu ne m'écoutes pas non plus. Je te dis que tu as fait de la peine à ta mère. Elle a l'impression que tu l'aimes moins.

Bubby parut à la porte du salon et s'avança, avec une hésitation que je ne lui avais jamais vu montrer à mon égard.

– Tiens, Bubby, tu vois ces timbres ? Tu ne les trouves pas 280 beaux ?

En une seconde il redevenait confiant, affectueux. Il s'approcha de moi. Longtemps, il s'extasia :

– Et celui-là, fais voir. Oh, qu'il est beau ! Rose, un peu comme le quartz que tu m'as donné, dit-il, en examinant un

---

1. Papier (à base de cellulose) transparent très solide.
2. Le narrateur n'a pas encore appris le français ; il prononce à l'anglaise le nom de cette île des Antilles françaises.

285 timbre qui, dans l'album de Willy, avait été voisin du timbre transparent. Cet homme-là, oh qu'il est drôle ! Il a des oreilles comme un basset[1].

— Mais non, ce sont ses favoris[2], voyons.

— Dis, Jeff, qui c'est cet homme-là ?

290 — Tu m'embêtes. Je crois que c'est l'empereur d'Autriche, est-ce que je sais ? Maintenant, donne, je veux les montrer à maman. Allons, donne...

— Oh, Jeff, attends, fais-moi voir celui-là...

— Tu le regarderas avec maman, viens. Où est-elle ?

295 — Dans la chambre, en train de coudre.

Laissant mon père à son journal, nous nous engageâmes dans le couloir. C'est le plus grand risque maintenant que j'allais affronter : braver l'intuition[3] de maman.

Ce risque, pourquoi le prendre ? Le désir de leur montrer les 300 timbres sans dire la vérité ? Le besoin d'avouer sans avouer ? De retrouver ainsi l'ombre d'une intimité qui, entre eux et moi, allait s'effaçant ? Ou plutôt d'éprouver cette étrange sensation du danger et de la crainte ? La même qui m'avait rempli au moment du vol ?

305 Ma mère examina patiemment les timbres. Je fus étonné de voir que mon geste l'avait rassurée :

— Oui, ils sont très beaux. Ceux que je préfère ? Eh bien,

---

1. Chien bas sur pattes à très longues oreilles.
2. Touffes de barbe de chaque côté du visage.
3. S'exposer au fait que la mère a deviné la vérité.

ceux-là, avec tous ces animaux rares. D'où viennent-ils ? Ah
oui, du Mozambique. Enfin, Jeff, je suis heureuse de voir que
310 tu te remets à tes occupations, que tu n'attaches pas trop d'importance à toutes ces histoires. Tu verras, bientôt on n'en par-
lera plus.

BIEN LIRE

CHAPITRE 12
• En quoi la « fascination » qu'éprouve Jeff est-elle mêlée
de « peur » ?
• Quelle est, à votre avis, la raison qui pousse Jeff à montrer
les timbres à ses parents (l. 299-304) ?

13

Ma mère, croyant agir dans mon intérêt, était allée, à mon insu[1], rendre visite à Mrs Aldridge dans l'espoir d'éviter la bagarre. Je devais, par la suite, lui en vouloir pour cette intervention. Je suppose cependant qu'elle l'eût évitée si elle avait

5 pu prévoir les démarches de Mrs Aldridge et de Miss Martel. Car Mrs Aldridge s'était empressée à son tour d'avertir Miss Martel.

Celle-ci, sans doute croyant bien faire, elle aussi, plaida[2] en ma faveur auprès des élèves, leur ordonna d'être gentils avec

10 moi, de cesser les « persécutions ».

– ... Et je parle surtout pour Willy A (elle disait Willy A, pour éviter toute confusion avec deux autres qu'elle appelait Willy K et Willy C). Willy A a menacé Jeff d'une volée... Allons, taisez-vous, ne riez pas, sinon je vais punir. Ce n'est pas

15 drôle ! Enfin, que tous vous en preniez bonne note : il ne faut pas brimer d'autres élèves. Mettez-vous à leur place. Mais oui, ne souriez pas, réfléchissez, mettez-vous à leur place. Même quand c'est mérité – et je m'empresse de le dire, je ne crois pas que ce soit le cas de Jeff – même quand c'est mérité, il ne faut

20 jamais faire justice soi-même. Pourquoi ne venez-vous pas me consulter pour de tels problèmes ?

Miss Martel reprit son cours interrompu. Mais ses paroles

---

1. Sans que je le sache.
2. Fit un discours, comme un avocat au tribunal.

continuaient à peser dans l'atmosphère. Le reste de la journée me parut interminable. C'était pire que jamais. Quand je regar-
25 dais un élève, il détournait les yeux de dégoût. Ou bien, au contraire, on me dévisageait avec mépris.

J'entendis une fille dire à sa camarade :

– Jeff est « anormal », tu sais. Maman a voulu faire une démarche pour voir si on ne pouvait pas empêcher des enfants
30 anormaux de se mélanger à des enfants normaux comme nous, mais il paraît que ce n'est pas si facile...

Ma voisine de gauche, pendant tout l'après-midi, ne cessait pas de me chuchoter :

– Une saloperie ! Voilà ce que tu es. Dis-le, Grosse-lèvre, dis
35 que tu es une saloperie. Dis-le !

Tous les jours, même aux instants où je n'étais pas leur cible, je gardais l'impression physique de cette hostilité oppressante[1], irrespirable, comme dans une cage.

Ce jour-là, en rentrant, je passai devant cette même pente
40 où, avant Noël, nous avions joué à « l'Homme sur la Montagne ». Willy n'y était pas, mais il y avait beaucoup de neige et toute l'école en profitait pour se laisser glisser du haut en bas. Beaucoup de garçons portaient leur foulard de scout, car c'était un mercredi, jour de leur réunion. L'animation avait
45 l'air à la fois spontanée et réglée comme un ballet. Riait-on ? Tous riaient. Lançait-on des boules de neige ? Tout le monde en lançait. Quelle gaieté, mais malheur à l'exclu.

---

1. Étouffante.

Quelques-uns jouaient à la guerre. Ailleurs, une petite bande avait aligné trois vieilles boîtes de conserve portant des étiquettes qui représentaient Hitler[1], Tojo[2], Mussolini[3]. Les prenant comme cibles, ils leur jetaient des boules de neige et chacun marquait ses points par terre dans la croûte glacée. Et c'étaient des cris, des cris de plaisir. Tellement que, pendant un instant, je m'oubliai dans ce spectacle. Je me surpris même à rire, d'un rire sain et joyeux, que je retrouvais comme on retrouve un vieux copain perdu de vue.

Je m'approchais et m'apprêtais moi aussi à ramasser ma boule de neige quand quelqu'un hurla :

– Voilà Grosse-lèvre, le lâche ! Il avait tellement la frousse qu'on lui donne une trempe qu'il a tout raconté à Miss Martel. Pipelette ! Lâche !

– Mais ce n'est pas moi, c'est...

– Bien sûr, c'est pas toi, c'est personne !

Rigolade générale.

– Attention au voleur ! Tiens, il faut que quelqu'un monte la garde près de nos cartables. Avec Grosse-lèvre, on ne sait jamais !

Immobile, je regardais bêtement, fasciné, ne sachant s'il fallait partir ou rester.

– Oh oui, on le connaît bien !

Un élève qui n'était même pas de ma classe, l'histoire s'étant

---

1. Chef du Parti national socialiste nazi allemand (1889-1945) ; devenu chef de l'État à partir de 1933. Sa politique était fondée sur le racisme et sur la théorie de l'espace vital.
2. Général et homme d'État japonais (1884-1948) ; il dirigea la lutte de son pays contre les Alliés et fut exécuté à la fin de la guerre par les Américains.
3. Homme d'État italien (1883-1945) ; au pouvoir dès 1922. Allié des Allemands et des Japonais.

répandue maintenant dans toute l'école, se mit à monter la garde devant les cartables. Il étendait les bras, d'un geste exagéré, comme pour les protéger d'un très grand danger.

– Tiens, on va lui faire comme à Tojo, dit un scout en me
75 lançant une boule de neige.

– Et si on le déculottait ?...

– Bonne idée, ce serait amusant.

Le vacarme était à son comble. Des scouts émettaient des cris d'Indien ou de loup.

80 – C'est ça, déculottons-le ! Déculottons-le !

Comme une seule et immense vague ils déboulaient la pente, se ruant vers moi.

En un clin d'œil, j'avais pris la fuite. Sans regarder en arrière, je courais de toutes mes forces. Derrière, j'entendais quelqu'un
85 qui, sans doute sortant d'une classe de latin, n'arrêtait pas de me chanter :

– Salus Jeffus ! Puantus !

Filant par des jardins privés, entre des garages, sans me soucier de la direction, finalement j'arrivai à un vaste jardin public.
90 Je m'engloutis dans des haies épaisses où, n'en pouvant plus, hors d'haleine, je m'écroulai. Et cette toux qui n'arrêtait pas. Heureusement, ils ne me poursuivaient plus. Je les avais semés.

Une fois de plus je fis le bilan des conséquences de mon acte. J'en étais réduit à fuir – une humiliation de plus. Pire, à fuir les
95 scouts, ce même groupe où Willy avait promis de m'introduire. De cela, hélas, plus question !

Une consolation, bien faible : cette fois je n'avais pas eu le choix. Rester là pour être ridiculisé, c'eût été bien pire. Cela aurait fait une telle pâte à ragots. De ces deux humiliations, la fuite était préférable.

Je me vois encore dans ce jardin, écroulé sur moi-même, toussant, lamentable. Enfin je me relevai, cherchai à m'orienter pour tâcher de rentrer. Bien qu'on ne me poursuivît plus, la peur ne me quittait pas. Je choisissais astucieusement mon chemin, mais je croyais à chaque pas entendre des cris de poursuite. C'est à partir de ce jour-là que je n'osai plus me servir du trottoir. Moi qui depuis toujours avais préféré, pour leur intimité, les sentiers détournés, les jardins privés, maintenant j'en venais à regretter le libre usage des rues.

Quand je débouchai dans le jardin de mes petites voisines, je vis l'aînée accroupie près d'une lampe à pétrole. Elle tenait au-dessus de la flamme quelque chose qui brûlait, répandant une affreuse odeur. Je m'approchai et je vis ce que c'était : elle grillait une souris avec le piège en bois où elle avait la patte prise. La bête, encore vivante, se tordait pitoyablement. Et moi, je regardais cela, je dois l'avouer, avec une fascination que je n'aurais pas éprouvée quelques mois plus tôt.

Ma mère ouvrit sa porte de cuisine et nous gronda tous les deux, moi parce que je n'étais pas « assez intelligent pour ne pas regarder ! »

– Tu n'as pas honte ? disait-elle à la petite fille. Lâche cette pauvre souris. Je te dis de lâcher cette souris !

– Non ! riposta la fille. Je fais ce qui me plaît. D'ailleurs, c'est ce qu'on fait à des gens en Europe[1]. Je l'ai entendu à la radio et
125 papa a même dit...

– Là n'est pas la question, reprit ma mère. Il ne faut pas faire souffrir inutilement. Tue cette bête tout de suite avec une pierre pour qu'elle ne souffre plus.

– Non ! Maman m'a dit de ne pas tenir compte de ce que
130 vous dites. Elle m'a dit qu'elle seule a le droit de me commander, et pas vous.

– La souris est morte maintenant, observai-je.

– Tant mieux, dit ma mère. Mais tu es complètement inconsciente ! Tu ne te rends pas compte de ce que tu as fait ?

135 – Je m'en fiche, lança la petite fille. Maman l'a dit, vous n'êtes qu'une... sacrée protestante !

Comme les moindres choses me ramenaient toujours au même point, le mot de ma mère me frappa exactement comme s'il m'eût été destiné : « Tu ne te rendais pas compte de ce que
140 tu faisais ? »

– Maman, lui dis-je pendant qu'elle fermait la porte derrière moi et me prenait mon chapeau, Miss Martel a appris par quelqu'un que je devais recevoir une trempe vendredi. Aucun élève ne le lui aurait dit. Alors qui ? Pas toi, j'espère ?...

145 – Non... Mais j'avoue que je suis allée voir Mrs Aldridge. C'est curieux, elle n'était pas du tout au courant...

– Quoi ! Tu as fait ça ! Mais tu n'avais pas le droit. Ça ne te regardait pas. De quoi te mêles-tu ?

---

1. Allusion à l'extermination des Juifs et des Tziganes par les Nazis durant les années 1936-1945.

– Tout ce qui te concerne me regarde, Jeff. Et ne me parle pas
150 sur ce ton ! Je croyais bien faire...

– Eh bien, tu as fait du joli ! C'est sûrement Mrs Aldridge qui
a averti Miss Martel. Elle en a parlé à toute la classe.
Maintenant, grâce à toi, on me traite non seulement de voleur
mais de lâche. Tu es contente, j'espère !

155 – Mais, qu'est-ce que tu as, Jeff ? Je ne t'ai jamais entendu
parler comme ça. Je sais bien que tu traverses un moment difficile, mais ce n'est pas une raison. Je ne suis tout de même pas
une ennemie...

– Si. Quand tu vas voir Mrs Aldridge.

160 Ma mère ne répondit pas. Je voyais bien qu'elle avait de la
peine. Je me sentais plus seul que jamais. Au mensonge maintenant, s'ajoutait la méfiance. J'allais avoir à me méfier de
l'amour de mes proches.

J'avais laissé ouverte la porte de ma chambre. Bientôt, j'en-
165 tendis des pas sur l'escalier. C'était Bubby :

– Tiens, regarde, Jeff. Notre institutrice est allée voir des
grottes pendant les vacances, voilà ce qu'elle nous a apporté. Ça
s'appelle un stalagmite. C'est une pierre qui pousse. Elle pousse
dans les grottes, tu sais, comme de l'herbe !

170 Il avait ouvert la main. Une pierre ocrée[1], qui avait la forme
d'un petit glaçon biscornu, apparut dans sa paume :

– Je te permets d'y toucher, parce que c'est toi, Jeff. Mais fais
attention, elle fond un peu.

En effet, l'ocre déteignait sur les doigts de Bubby. J'avais

---

1. De couleur jaune.

₁₇₅ commencé à m'intéresser, à m'approcher. Tout à coup, je fus
saisi d'une impulsion bizarre :

— Sauve-toi. Ça ne m'intéresse pas, ton stalagm... machin. À
l'avenir, ne viens plus dans ma chambre sans demander la permission. Et ne commence pas à pleurer, ça te donne l'air idiot.

₁₈₀ Il serrait les poings. Le stalagmite lui sortait des doigts,
comme du beurre.

Quand il fut dans l'escalier, je lui chantai les mêmes paroles
que j'avais entendues une heure plus tôt :

— Salus Bubbyus ! Puantus !

₁₈₅ Puis je faillis le rappeler. Un remords, si j'avais voulu l'écou-
ter, m'aurait poussé à descendre lui demander pardon.

La réaction de mon père ne tarda guère :

— Je t'interdis de traiter ton petit frère comme ça. Qu'est-ce
qu'il t'avait fait ? Rien...

₁₉₀ — Si, il m'embête...

— Il ne t'embêtait pas autrefois. Je ne comprends pas pourquoi tu es devenu si méchant avec lui. Un jour tu le regretteras.

BIEN LIRE

CHAPITRE 13
• La mère de Jeff a rendu visite à Mrs Aldridge. À votre avis, quelles
en sont les raisons ? Sa démarche a-t-elle abouti à un résultat
positif ? Comment Jeff ressent-il cette intervention ?
• En quoi l'épisode de la souris révèle-t-il la cruauté des petites
voisines ?
• Que pensez-vous des qualificatifs appliqués à Bubby ?

14

– Tu es prêt?

C'était Ronald, en classe, qui me chuchotait ces mots, peu avant la sortie, le jour du rendez-vous pour ma trempe.

– Tu es prêt?

5 J'aurais aimé trouver le moyen d'éviter cette confrontation, mais toute défaillance de ma part ce jour-là aurait constitué une forme d'aveu. De plus, mon père ne m'aurait jamais pardonné cette lâcheté. Je répondis donc, au ricanement de Ronald, par un haussement d'épaules de victime résignée. En même temps, je gardais
10 mes doigts croisés, dans l'espoir de m'aider à supporter l'épreuve.

– Dis, répétait-il. Tu es prêt à te faire casser la gueule? Willy va te l'arranger, ta lèvre.

Mais Willy ne semblait pas très enthousiaste. Lui aussi avait l'air résigné. Parfois nous croisions nos regards comme deux
15 étrangers qui croient se reconnaître sans pouvoir se situer.

Personne n'avait voulu rater la bagarre. Le champ de récréation était au grand complet comme une arène[1]. Les cris ne manquaient pas.

– Vas-y, Willy, donne-lui ce qu'il mérite. Le petit salaud!
20 – Voleur! Allons, Grosse-lèvre, avance, ne sois pas timide, avance-toi. Voleur!

J'avais beau répéter mon seul argument:

---

1. Cirque où ont lieu les courses de taureaux.

– Vous n'avez pas de preuves ! pas de preuves !

Des filles regardaient, s'étonnaient de ces apprêts[1]. L'une de celles qu'on avait trouvées avec des piqûres au bras observa :

– Je ne comprends pas, les garçons veulent toujours se faire du mal.

– J'ai horreur de la bagarre, moi.

Elles n'en restaient pas moins.

Alors, je vis s'approcher de moi Willy, ses oreilles décollées, sa mèche blonde. Il avait le pas lent, lui aussi. Sans doute avait-il pensé, au début, que la simple menace d'une bagarre me ferait rendre les timbres. J'en suis certain : sans la contrainte, sans la publicité répandue malgré lui par Miss Martel, il n'y aurait jamais eu le moindre semblant de « correction ».

Doucement, sans me faire mal, il me cloua par terre. Les cris redoublèrent, des cris non pas d'applaudissement, mais de déception.

– Ah zut, il ne se défend pas. Quel faiblard !

– Ils ne se frappent pas, c'est même pas drôle !

Pendant un instant j'eus l'impression que Willy allait me dire quelque chose. Mais l'un et l'autre nous restâmes silencieux. Je crus lire comme une supplication dans son regard, la prière d'un pardon. Peut-être le reflet de mon regard à moi.

Les bras cloués au sol par-dessus ma tête, je sentais toujours aux poignets la pression des mains de Willy, pression forte mais

---

1. Préparatifs.

douce, presque protectrice. Puis, son regard sonda le mien et sembla dire : « Jeff, pourquoi sommes-nous ici ? »

Toujours des cris :

50 — Qu'est-ce que tu attends, Willy, frappe-le, mais frappe-le un bon coup !

— Moi, je m'en vais, disait un autre. On perd son temps.

Certains commençaient à partir. Willy immobile, me maintenait toujours. Je lui dis tout bas :

55 — Aide-moi, Willy. Toi seul, tu le peux. Tu vois bien la vie qu'ils me font mener, tous. Toi seul...

À peine m'avait-il lâché les poignets quand une main le prit par l'épaule et le mit debout. C'était sa mère, Mrs Aldridge. Elle était en larmes. Elle se pencha sur moi et me releva aussi :
60 « Et maintenant, rentre chez toi, mon petit Jeff », dit-elle. Puis, se tournant vers Willy, elle murmura simplement : « Willy, viens ». Et l'emmena.

Un silence absolu s'établit parmi l'assistance. Les élèves respectaient la présence de la mère. Mais dès qu'elle et son fils ne
65 purent plus entendre, ils commencèrent à ricaner, à me lancer des commentaires :

— Fallait que tu préviennes sa mère, hein ?

— Ah, ça ne m'étonne pas, tu es tellement lâche.

Une fille répondait à une autre :

70 — Mais non, ça n'est pas ça qui l'a fait venir. Elle ne veut pas que son fils se salisse les mains sur cette ordure.

— Je comprends !

– Tu peux être fier. Elle t'a sauvé, n'est-ce pas, Grosse-lèvre ?
Elle t'a sauvé, petit lâche !

75   – Elle l'a sauvé de Willy peut-être, mais on est là...

– Et comment ! Puisque Willy n'a pas pu le faire, on l'arrangera nous-mêmes.

– Tiens, j'oubliais, on lui doit un déculottage de l'autre jour.

– Le petit lâche, il avait filé !

80   De nouveau, je dus prendre la fuite. J'avais à mes trousses
toute une meute[1] de garçons et même quelques filles. Cette
fois-ci j'arrivai à la maison essoufflé, j'eus à peine le temps d'ouvrir la porte et de la claquer derrière moi. De la fenêtre, je les
vis se parler, jeter quelques boules de neige sur la maison, puis
85   s'en aller.

Ce soir-là, je proposai de changer d'école – idée à laquelle
j'avais déjà fait allusion. Cette fois j'en parlai sérieusement.
J'alléguai[2], argument supplémentaire, que je ne pouvais pas travailler, que mes notes en souffraient. Mon père pourtant s'y
90   opposa formellement :

– Ce n'est pas une solution, c'est une évasion. Si tu com-
mences déjà à fuir les difficultés de la vie au lieu de les affronter, tu ne vaudras pas grand-chose plus tard. Défends-toi donc !
Même si tu perds au début, ne cède pas, ne fuis pas. Tu verras,
95   dans quelques semaines, il n'en sera plus question... Et mainte-

---

1. Groupe hostile.
2. Mis en avant comme justification.

nant, Jeff, ne te fâche pas, mais j'aimerais que tu me jures que tu n'as pas pris... enfin que tu n'as rien à voir avec ce vol.

– Mais j'ai déjà juré à maman...

– Jure-le quand même à moi aussi, s'il te plaît.

100 – Bon, je le jure, dis-je d'un ton lassé. Dégoûté d'être, une fois de plus, obligé de mentir. Puis je me fâchai :

– Tu me soupçonnes !

– Mais non, expliqua ma mère qui arrivait de la cuisine en s'essuyant les mains. Ton père veut simplement être rassuré,

105 comme moi. Nous t'avons appris à être honnête et tu l'as toujours été. Je comprends mal d'ailleurs que d'autres aient pu croire à cette histoire. Un garçon comme toi, voler son meilleur ami, après lui avoir fait un cadeau ? C'est tellement absurde.

– Un peu plus, reprit mon père, et Willy viendra ici et pré-

110 tendra que certains timbres lui appartiennent, comme si deux exemplaires du même ne pouvaient pas exister...

– En effet, dit ma mère, Mrs Aldridge m'a parlé de quelques timbres du Mozambique, avec des animaux exotiques, comme ceux que tu m'as montrés l'autre soir, Jeff. Imagine que Willy

115 les voie...

– Il ne mettra jamais les pieds ici ! affirma mon père.

Ma mère, en m'examinant, s'arrêta, inquiète :

– Mais tu trembles ? Oh regarde le mal qu'on lui fait...

– Je veux que ça cesse, maman. Je n'en peux plus... Mais que

120 faire ?

— Ne pleure pas, Jeff, ça ne sert à rien. Que faire ? Eh bien, est-ce que tu fais toujours tes prières, le soir, avant de te coucher ?

Prier, je n'osais plus. Pourtant je répondis oui. Encore un
125 mensonge.

— Moi aussi, cria Bubby qui accourait de sa chambre.

— Je prie pour toi tous les soirs, Jeff, reprit ma mère. Mais toi aussi, demande à Dieu de t'aider à t'en sortir. Souviens-toi du grain de moutarde, dit-elle en désignant celui, sur le guéridon,
130 qui était enfermé dans la boule de cristal. Une fois de plus, elle récita de mémoire l'inscription gravée sur le socle de bois qui portait la boule, puis ajouta :

— Si tu as de la foi gros comme un grain de moutarde, tu peux tout.

135 — Dis, maman, glissa Bubby, tu peux t'envoler ?

— C'est toi et Jeff qui allez vous envoler au lit, déclara mon père en souriant. C'est l'heure.

Au moment où je m'apprêtais à monter, ma mère vint auprès de moi :

140 — Tu n'as pas très bonne mine. Ne t'en fais pas, tout s'arrangera. Je viendrai tout à l'heure te border...

— Non, maman, je veux être... seul, repris-je comme si j'avais le choix.

Dans ma chambre, je me rappelai le grain de moutarde.
145 J'avais un tel besoin d'espérer, en ce moment, que j'étais prêt à me raccrocher à n'importe quoi. Je m'efforçai donc jusqu'au

lendemain de penser que tout cela n'était qu'un mauvais rêve. Couvant[1] cet espoir, je me refusais à vérifier. Plusieurs fois j'allai au tiroir, je l'ouvris, je contemplai le Whitfield's Sampler.
150 Mais je n'osais pas contrôler le double fond.

Enfin, n'en pouvant plus... Hélas! on ne pouvait pas supprimer une mauvaise action, comme on ne pouvait pas s'envoler, ni faire disparaître une grosse lèvre.

---

1. Nourrissant.

BIEN LIRE

CHAPITRE 14
• **Pourquoi les deux adversaires restent-ils silencieux ?**
• **Étudiez la progression des insultes (l. 67-79). Quelle réaction provoquent-elles chez Jeff ?**
• **Que pensez-vous du sermon du père ?**
• **Jeff est partagé entre la croyance en Dieu et le doute. Quels éléments nous le prouvent ?**

15

– Tu n'es pas allé voir Mr Sandt depuis quelque temps, dit ma mère.

Elle me tendait une carte du vieillard. Il m'adressait ses meilleurs vœux pour mon prochain anniversaire.

5   J'avais quelque peu oublié Mr Sandt, en effet. Que pouvait-il bien faire, jour après jour, dans sa solitude? J'eus envie d'aller chercher auprès de lui un peu de répit[1]. C'était le seul être de ma connaissance qui ne fût pas au courant. Je ne trouverais pas chez lui, comme partout ailleurs, ce rideau de fond, cette
10   arrière-pensée.

Quand j'arrivai, il monta sa petite table pliante. Comme toutes les fois, nous nous assîmes pour regarder ses albums, ses pièces de monnaie. Malgré les timbres, je réussis, pendant une demi-heure environ, à oublier tout, à retrouver un semblant de
15   paix. Ce ne fut pas long. On oublie difficilement ce qu'on *veut* oublier, bien sûr. Très vite, un incident extérieur se charge du rappel. Au bout d'un instant, Mr Sandt me dit:

– Tu sais, ton ami Ronald, l'un des deux que tu as amenés la dernière fois? Eh bien, il est passé l'autre jour. Il voulait me
20   « mettre en garde », m'a-t-il dit. Il m'a raconté une histoire de vol. Il m'a même demandé si tu m'avais proposé certains timbres

---

1. Calme.

à vendre. Il voulait m'en donner une description, mais je ne l'ai pas gardé plus longtemps. Je n'aime pas les « mouchards ».

Mr Sandt s'empressa d'ajouter :

25 – Même quand ils ne mentent pas comme Ronald. Lui ment, c'est évident. Toutefois, tu aurais dû te laisser fouiller, comme lui.

– Je ne pouvais pas. Ça me dégoûtait. Ça ne se fait pas entre amis... Oh, si c'était à refaire, je n'hésiterais pas, bien sûr.

30 – Je sais, je sais bien.

Il y eut un silence prolongé pendant que Mr Sandt me passait diverses monnaies anciennes. Puis il s'éloigna sans un mot et revint avec une petite boîte ronde, plate, en cuir noir, à l'intérieur doublé de velours vert.

35 Seuls les plus beaux spécimens de sa collection méritaient l'honneur d'une boîte individuelle. Celle-ci était de beaucoup la plus belle de toutes. La pièce, cependant, qui reposait sur le velours était toute petite, comme perdue dans cet écrin destiné à une grosse médaille.

40 – Je vais te raconter une petite histoire à propos de celle-ci, commença-t-il d'un ton délibéré[1], en posant sur moi ses yeux bleus et pénétrants. Elle n'est pas en or, mais elle peut passer pour de l'or, à des yeux inexperts[2]. C'est ce que je m'étais dit, quand j'avais à peu près ton âge... J'étais au lycée de Lübeck, en

---

1. Décidé.
2. Inexpérimentés.

⁴⁵ Allemagne. J'avais un camarade d'école qui, comme moi, s'intéressait un peu à la numismatique[1]. Un jour je la lui avais montrée en lui disant que c'était de l'or. Et comme elle lui plaisait beaucoup, je la lui avais vendue assez cher...

– Et alors?...

⁵⁰ – Alors, je suis rentré à la maison, tâtant cet argent dans ma poche, avec toutes sortes de projets sur ce que j'allais en faire. Malgré tout, j'avais des doutes, des doutes sur moi-même. Pendant toute une semaine...

Mr Sandt s'arrêta et, levant les yeux sur moi plusieurs fois, fit ⁵⁵ tourner sa piécette dans l'alvéole[2] trop grand. N'en pouvant plus, j'insistai pour qu'il continuât. Alors il reprit son récit:

– Pendant toute une semaine à l'école, je revis mon camarade. Son regard, chaque jour, si confiant, si ignorant de ma duperie[3], me troublait beaucoup. J'étais incapable de dépenser ⁶⁰ un sou de mon bénéfice. Finalement, je décidai de racheter cette pièce coûte que coûte. Je n'avais qu'une crainte, c'était qu'il refusât de me la céder. En effet, il y tenait beaucoup, d'autant plus qu'il continuait de croire à sa valeur. Il me fallut marchander, lui promettre qu'il aurait un bénéfice à son tour. Tout ⁶⁵ mon argent des dimanches y passa, je dus rester à la maison le dimanche suivant. Je l'avais rachetée, cette pièce, plus cher que si elle avait été en or comme je l'avais prétendu. Mais il m'avait fallu le faire. C'était mon sommeil que je rachetais.

---

1. Science des pièces de monnaie et des médailles.
2. Creux.
3. Tromperie.

Ma gêne, pendant tout ce récit, n'avait cessé de croître. Je me
70 doutais bien qu'indirectement, c'était moi qu'il visait. J'en arrivais à me demander si M. Sandt, quitte à se calomnier[1], n'avait
pas inventé cette histoire d'un bout à l'autre.

Je voulus prendre les devants, faire moi-même le rapprochement avec les timbres. Mais la douceur de Mr. Sandt m'avait
75 rendu maladroit :

— C'est comme la personne qui a pris les timbres de Willy,
dis-je. Elle non plus ne doit pas bien dormir. Je la plains...

Il me parut que ma voix avait sonné faux. Mr Sandt fut long
à répondre, fermant et rouvrant plusieurs fois la petite boîte
80 doublée de velours vert, tandis que je roulais la pièce entre mes
doigts.

— ... Moi aussi je la plains, murmura-t-il enfin. Mais si vraiment cette personne, comme moi cette fois-là, n'en dormait
plus, sans doute pourrait-elle tout réparer. Ce n'est pas trop
85 tard. Elle pourrait renvoyer ces timbres anonymement[2] par la
poste, par exemple...

— Mais imaginez qu'elle ait perdu les plus beaux ?...

Trop tard. Ma phrase me condamnait. Mais dès les premières
paroles de Mr Sandt à propos de la visite de Ronald, j'avais
90 senti qu'il devinait, que toute dissimulation avec lui était
inutile. Son regard était si rempli de sagesse, de compréhension
pour la faiblesse humaine, que je ne songeai nullement à me
fâcher, à jouer, comme avec mes parents, la fausse indignation.

---

1. S'accuser injustement.
2. Sans faire connaître son nom.

Je me cachai donc à peine, trop reconnaissant de saisir cette
95 occasion inespérée de relâcher un peu cette tension continue,
d'être un peu moins sur mes gardes. Depuis ma phrase irréflé-
chie, je n'osais plus soutenir son regard. Je concentrais mes yeux
sur la piécette « d'or » entre mes doigts. Mais je sentais qu'il
m'observait.

100   Mr Sandt se leva brusquement :

– Tiens, je te fais une orangeade. Tu n'as qu'à regarder ces
pièces. Je reviens tout à l'heure.

Devant moi, sur la table pliante, tachée de café et d'encre,
s'étalaient de fort belles monnaies d'or anciennes : casques
105 empanachés[1], quadriges[2] tirant des chariots antiques, Louis XIV
déployant sa perruque, Marie-Thérèse avançant sa poitrine.

J'entendais, à l'autre bout de l'appartement, dans la petite
cuisine de Mr Sandt, d'interminables bruits de verres et de
cuillers. Il fut excessivement long à reparaître. Visiblement, il
110 exhibait[3] sa confiance, bien qu'il eût deviné mon secret.

Enfin il me rapporta l'orangeade, avec quelques gâteaux un
peu desséchés.

Tout le reste de ma visite, il ne fut plus question de la dénon-
ciation ni de ce que pourrait faire « la personne » pour réparer
115 sa faute.

Jamais Mr Sandt ne m'avait autant répété :

– On ne te voit plus. Tu devrais venir plus souvent. Je sais

---

1. Ornés de grandes plumes.
2. Attelages de quatre chevaux de front.
3. Montrait avec insistance.

qu'il faut traverser toute la ville. C'est égal, reviens vite. Ne me
délaisse pas, même si je ne suis qu'une vieille chose, comme ces
120 pièces que je collectionne.

Craignait-il que le fait d'avoir entrouvert mon cœur pût
entamer notre amitié ?

Avant mon départ, il insista encore une fois, avec son accent
allemand :

125 — Alors, c'est promis ? Tu viens très bientôt ? Je ne t'ai pas
encore montré mes ducats[1] vénitiens[2] ni ma médaille de Charles-
Quint[3] de 1521, et que de choses encore ! Tu n'arriveras jamais à
tout voir si tu espaces tes visites à ce point... Tiens-toi droit et
n'oublie pas de prendre de l'exercice. Si j'étais ton père... enfin, si
130 j'avais eu des fils, des garçons comme toi (Mr Sandt était veuf et
sans enfants), je leur aurais fait faire beaucoup de sport. Je les
aurais emmenés à la patinoire avec moi, par exemple...

Quand je fus sur le point de partir, il ajouta :

— Rassure-toi, ça va s'arranger, cette histoire de vol. Ce gar-
135 çon va bientôt les retrouver. Tiens, j'y pense, est-ce qu'il est allé
aux Objets Trouvés ? Sinon, il devrait, on ne sait jamais...

Cherchait-il à me suggérer des solutions ? Aucune, en tout
cas, n'était plus possible. D'une façon ou d'une autre, pour
rendre les timbres, il eût fallu les rendre tous et surtout les plus
140 beaux. Et puisque ceux-ci étaient passés par la lessive de
maman... Quant aux autres, qui étaient sans valeur, aucun

---

1. Monnaies italiennes.
2. De Venise.
3. Empereur germanique, roi d'Espagne, archiduc d'Autriche (1500-1558).

risque, même celui des Objets Trouvés, ne valait pas la peine. Il y avait neuf chances sur dix que Willy ou, pire encore, Ronald devinât tout. Je tressaillais à l'idée que Ronald ne manquerait
145 pas d'exploiter la chose. J'entendais déjà son ricanement : « Alors, tu l'avoues enfin ?... Quel menteur ! Quand je pense, pendant des semaines tu nous a joué cette comédie ! Et les plus beaux, hein ? Le timbre transparent ? Qu'en as-tu fait ? Vendus, je parie ! » Non, réparer était trop dangereux. Cela risquait de se
150 retourner contre moi...

    – C'est juré ? répétait Mr Sandt. Tu reviens bientôt ?

BIEN LIRE

CHAPITRE 15
• **Pouvez-vous dégager une morale du récit de M. Sandt ? Comment appelle-t-on ce type de récit ?**
• **Pourquoi aucune des solutions suggérées par M. Sandt n'est-elle valable pour Jeff ?**

16

Je constatais, ou tout au moins je croyais constater que peu à peu les élèves commençaient à oublier. Cela me rendait espoir. Les allusions me semblaient chaque semaine moins fréquentes et je me raccrochais à l'idée qu'un jour on n'en parlerait plus. J'en étais de plus en plus persuadé : simuler[1] était la meilleure attitude.

Pourtant un événement inattendu me replongea dans les hésitations.

Le directeur de l'école entra précipitamment dans la classe :

— William Aldridge est-il là ? Il est prié de rentrer immédiatement chez lui.

Toute la classe l'observait pendant qu'il mettait son manteau et quittait la salle ; les uns, jaloux de ces vacances inespérées, les autres flairant l'odeur savoureuse de quelque malheur.

Miss Martel nous apprit un instant plus tard que Willy serait absent pendant au moins une semaine ; son frère, le pilote, était mort. Non pas à la guerre, mais bêtement, dans un accident sur un aérodrome en Californie, au moment même où, ayant obtenu une permission, il y transitait[2] pour rendre visite à sa mère et à son frère. Miss Martel ne manqua pas de tirer une leçon morale de cette situation :

— Je veux que vous cherchiez tous à vous mettre à la place de

1. Faire semblant.
2. Passait par.

Willy, à la place de sa pauvre mère. Que tous ceux parmi vous qui ont des parents à la guerre lèvent la main droite.

25   Elle comptait les mains :

– Une, deux, trois, quatre... Quatre sur quarante-deux, cela ne fait pas tout à fait dix pour cent. Je m'adresse donc surtout à vous autres qui ne savez pas ce que c'est que d'avoir des êtres chers en danger, qui risquent leur vie pour la patrie. Deux
30 minutes de méditation[1] maintenant en souvenir de... de... (elle consulta un papier) George Aldridge. Deux minutes de silence pendant lesquelles je veux que vous pensiez à lui et aux milliers d'autres pareils à lui et qui, eux aussi, risquent leur vie...

Debout sur le front[2] de la classe, elle inclina la tête pour don-
35 ner l'exemple et ferma les yeux. Mais pas tout à fait. Elle devait surveiller à la fois les élèves et la pendule. La salle fut saisie de toux sporadiques[3], mais qui sentaient le respect et la discrétion. Une fille murmura quelques mots à sa voisine.

– Chut-t-t ! fit Miss Martel en soulevant une paupière de
40 lézard. Puis, au bout des deux minutes, exactement comptées, elle reprit :

– Bon. Maintenant, je voudrais des volontaires pour faire la quête[4]. Chacun de vous est prié de contribuer à raison de quinze cents.

45   Personne n'était volontaire pour la quête. Elle choisit donc

---

1. Réflexion silencieuse.
2. Sur l'estrade. Ici, il s'agit de la ligne la plus avancée des combats. L'auteur se moque du patrio-
tisme de Miss Martel.
3. Isolées et très courtes.
4. Récolte d'argent.

une fille et un garçon qui passèrent autour de la salle avec les
deux petits paniers dont la seule vue signifiait quête. Déjà je
connaissais la suite : le processus était toujours le même quand
un parent d'élève venait de mourir. Pour cette fois, seul le pré-
50 ambule[1] avait été modifié, à cause des implications patriotiques
de la mort du jeune Aldridge[2].

— Et maintenant, deux volontaires encore pour aller choisir
la gerbe de fleurs.

Toujours personne à lever la main.

55 — Vous pourriez montrer un peu plus de bonne volonté, vraiment... dit Miss Martel, obligée une deuxième fois de désigner
elle-même les volontaires. Ah oui, c'est exact, vous l'aviez fait la
dernière fois. Je voudrais que chacun ait son tour...

Sans réfléchir, elle posa son regard sur moi. À peine avait-elle
60 prononcé mon nom qu'elle se rendit compte de son erreur et
que son visage se remplit de consternation[3]. Trop tard ; la classe
se déchaînait dans un tollé de rires mélangés de cris indignés :

— Lui ? Quoi ?

— Le voleur de Willy acheter les fleurs ?

65 — Silence, silence ! répétait fermement Miss Martel. Est-ce
une façon de vous comporter dans une telle circonstance ? C'est
un moment, au contraire, de tristesse et de méditation. Alors,
quels que soient vos motifs, je vous prie de respecter le souvenir de ce pauvre pilote. Vous n'avez pas honte ?

---

1. Introduction.
2. Le frère de Willy est censé être mort pour sa patrie.
3. Abattement, tristesse.

₇₀   Puis cherchant à résoudre la situation :

– Toute réflexion faite, choisir des fleurs, c'est plutôt l'affaire des filles : Jane et moi irons les acheter ensemble, voilà tout.

Comme elle entendait quelques soupirs de soulagement et craignait un nouvel incident, elle s'empressa d'enchaîner, en ₇₅ allant chercher dans son tiroir une grande enveloppe blanche :

– Voilà la carte de condoléances[1] pour toute la classe. (Elle en gardait toujours une réserve.) Le prix de la carte sera déduit de la somme pour les fleurs. S'il en reste quelque chose, nous le mettrons dans notre petite tirelire pour la prochaine fois. Je l'ai ₈₀ achetée suffisamment grande, cette carte. Mais si nous voulons que vous puissiez tous signer, n'écrivez pas trop gros. Et lisiblement, rappelez-vous ce que vous avez appris en écriture. Et surtout ne faites pas de taches d'encre ! Pendant que la carte circule, faites les exercices d'écriture que je vais vous indiquer, dit-₈₅ elle en allant au tableau noir.

La vaste carte descendit lentement la première file de pupitres, puis la deuxième. Dans la troisième, elle passa tout près de moi qui attendais, anxieux, dans la quatrième. La carte figurait un vitrail en pastels clairs et flous filtrant des rayons de ₉₀ lumière ; en bas : une formule protocolaire[2] de condoléances en immenses caractères gothiques[3]. C'était un supplice de voir passer cette carte interminablement d'une main à l'autre, s'approcher de moi par degrés.

---

1. Témoignages où l'on prend part à la douleur d'une personne qui est en deuil.
2. Qui obéit aux règles du savoir-vivre.
3. Formes des lettres où les traits courbes sont remplacés par des traits anguleux.

« R majuscule, petit r, ronronner, fourrure. » J'étais incapable
95 de me concentrer sur l'exercice d'écriture. J'espérais un incident
libérateur, un encrier renversé, n'importe quoi.

La fille devant moi, sans faire le rapprochement, me tendit
machinalement la carte. J'avais l'espoir qu'on m'oublierait, que
la carte passerait par moi sans éclat. J'allais respirer quand, der-
100 rière moi, mon grand voisin roux, lui, ne manqua pas l'occasion :

– Tu oses ? me souffla-t-il.

Je restai confus, perdu. Fallait-il signer, ou ne pas signer ? Je
ne savais pas. Puis je pensai à Willy. Signer cette carte, alors que
105 c'était l'arrivée inattendue du cadeau de son frère qui m'avait
donné l'occasion du vol ? Je passai donc la carte à ce même rou-
quin, sans mettre mon nom. Il en profita pour chuchoter aux
autres en ricanant :

– Il n'ose pas.

110 Non, je n'avais pas osé. J'en étais assez fier. Je me respectais
un peu, ce qui ne m'était pas arrivé depuis quelques temps.
Après tant de mensonges, ce petit geste décent[1] me rendrait
une certaine fraîcheur.

Toute relative, cependant, car la conscience de la situation de
115 Willy me pesait. Le mal dont j'étais responsable était infime[2],
bien sûr, comparé aux pertes qu'il avait faites : jadis son père et
maintenant son frère. Mais j'étais dégoûté de penser que j'avais
néanmoins, pour ma part, contribué un peu à ses peines. Dans

---

1. Qui respecte les convenances.
2. Très peu important.

ce moment donc où justement je m'étais décidé à ne jamais
120 avouer, cet événement me fit de nouveau hésiter. Willy ne
serait-il pas touché, pensais-je, si j'avouais, mais à lui tout seul
en lui demandant sincèrement pardon?

Trop d'obstacles. D'abord, il ne fallait pas le troubler dans
cette période de deuil, bien sûr. Et puis, pouvais-je envisager
125 une restitution[1] ridiculement partielle? Ou montrer les timbres
abîmés? Je n'aurais convaincu personne. On aurait cru à une
feinte[2]. C'eût été pire encore.

D'autres craintes aussi m'arrêtaient : la colère de mon père, le
chagrin qu'aurait eu ma mère, mon renvoi de l'école...
130 Et puis, pour être franc, je ne voulais pas rendre ces timbres.
C'était tout ce qui me restait de « l'Homme sur la Montagne »...

Alors que faire? Rien, sinon attendre. Chaque jour, un
peu plus de sel dans la plaie. L'espoir... y avais-je seulement
droit?
135 Je regardais sans cesse, du côté de Willy, sa place vide. La dernière fois que j'avais contemplé ce pupitre inoccupé, c'était
avant Noël. En ce temps-là, nos rapports n'étaient pas les
mêmes...

Inviter Willy à mon quatorzième anniversaire, il n'en était,
140 bien entendu, plus question. Cet anniversaire, le 17 février,
tombait cette année-là un jour de congé, un samedi. Il me
trouva sans enthousiasme. Pour un peu, il m'eût fallu, pour en

---

1. Le fait de rendre ce qui a été pris ou possédé indûment.
2. Tromperie.

savoir le nombre exact, compter les chandelles[1] sur le gâteau
que ma mère, à la fin du dîner, apporta triomphalement sur la
145 table. Mes efforts pour paraître heureux, la récompenser de ses
peines, ne réussirent pas à la duper. Elle m'observait :

– Il me semble que c'est moins gai cette année. Est-ce à cause
du temps ? Est-ce parce que tu n'es plus tout à fait un enfant ?

Plus tout à fait, pensais-je amèrement. Je ressentais une sorte
150 de nostalgie de mon treizième anniversaire, tourné, lui, vers
l'avenir. C'était le mensonge maintenant qui me séparait de
mon enfance.

– Mais, s'étonna mon père, tu ne vas tout de même pas
oublier ton vœu, j'espère.

155 – Oh oui, oui, cria Bubby. Fais ton vœu, fais ton vœu !

– Est-ce que celui de l'année dernière s'est réalisé ? demanda
ma mère.

– Pas encore... répondis-je gêné, car mon souhait avait été
d'avoir des amis.

160 – Même pas un tout petit peu ? insista Bubby.

– Peut-être un petit peu... murmurai-je.

– Ça ne fait rien ! reprit-il gaiement. Il se réalisera un jour, tu
verras. Avant que tu sois aussi grand que papa !

Vint le moment d'ouvrir mes cadeaux. De mon père, un
165 livre d'images archéologiques : *Les Merveilles du Monde Ancien*.
De ma mère, une chemise avec deux grandes poches devant ;
elle me la tendit en disant :

---

1. Bougies ; il s'agit d'un anglicisme formé avec le mot « candel » qui signifie « bougie ».

— J'en ai acheté une avec deux poches au lieu d'une. C'est plus commode. Tu as toujours les poches bourrées d'un tas de
170 choses. Je te répète, quand tu me la donnes à laver, n'oublie pas de bien les vérifier.

De Bubby, une enveloppe contenant plusieurs timbres orientaux à images, dont un Bouddha[1], une jonque[2], deux pagodes...

— Tu vois, ils sont beaucoup plus beaux que le timbre pagode
175 que t'a donné Willy. N'est-ce pas ? Dis, Jeff, dis, insistait Bubby.

---

1. Représentation du fondateur de la religion bouddhiste (Vᵉ siècle av. J.-C.). L'idéal bouddhiste est de conduire le fidèle au Nirvana, ou anéantissement suprême.
2. Bateau d'Extrême-Orient.

BIEN LIRE

CHAPITRE 16
• Que pensez-vous des raisons qui amènent Jeff à ne pas signer la carte de condoléances ?
• Quelle transformation fondamentale marque ce quatorzième anniversaire ?

17

Le samedi et le dimanche, jours sans classe, je faisais souvent de longues promenades solitaires à travers la ville. Je prenais tantôt le tramway, tantôt ma bicyclette. Dans ce dernier cas, je m'arrangeais presque toujours pour passer près de la maison de
5 Willy, pas trop près bien sûr. Quand je voyais les stores[1] tirés dans la chambre de Mrs Aldridge, je me rappelais qu'elle ne se portait plus très bien depuis la mort de son fils aîné et qu'elle avait perdu sa place.

Je passais, presque toujours aussi, près de la pente où nous
10 avions joué à «l'Homme sur la Montagne». Cet endroit, que j'évitais les jours de classe parce qu'il y avait là beaucoup d'élèves, m'attirait les samedis et les dimanches quand il était désert.

Les magasins étant fermés le dimanche, il ne me restait plus que le samedi pour aller les voir. Je n'achetais plus rien chez le
15 marchand de timbres, néanmoins j'y retournais souvent. S'il m'arrivait de rester des semaines sans ouvrir mon album, cette vitrine m'attirait tout autant qu'avant. J'allais flâner devant la boutique où, avant Noël, j'avais acheté l'«Europe-Grand mélange» pour Willy. Je me rappelais ma joie à faire ce cadeau.
20 J'aurais bien aimé pouvoir recommencer. Je regardais, je posais des questions au commerçant sans écouter ses réponses.

---

1. Rideaux.

Je le savais pourtant très bien, le samedi était le jour même où je risquais le plus d'y rencontrer d'autres élèves, notamment Willy. Malgré cette crainte, j'arrivais, je m'attardais...

25 Un samedi du mois de mars où je regardais l'étalage sans même voir son contenu, j'entrai machinalement. Willy était là. Il n'était pas seul, Ronald l'avait accompagné. Donc, ils s'étaient réconciliés.

En habitué de la dissimulation[1], je m'approchai d'eux et les 30 saluai. Willy me répondit à peine une syllabe indistincte ; de Ronald, un bref coup d'œil, sans plus. Ils continuaient à discuter avec le vendeur. Je ne connaissais que trop bien l'album rouge de Willy. Ainsi, il voulait vendre sa collection ! J'étais stupéfait :

– Mais... pourquoi la vendre ?

35 Je n'obtins pas de réponse.

– Non, non, répétait le boutiquier[2], un peu lassé, ça ne m'intéresse pas. J'en ai déjà beaucoup trop, de ces timbres. Qu'est-ce que j'en ferais, voulez-vous me le dire ?

– Oh, je vous en prie, suppliait Willy. C'est que, voilà... je 40 voudrais faire un cadeau à ma mère. Depuis la mort de mon frère, elle a beaucoup de chagrin. Elle dit que c'est une honte de penser que bientôt sa tombe sera comme toutes les autres, qu'on ne saura même plus qui c'est. Elle voudrait faire mettre une plaque[3]. Alors, si vous me donniez trente dollars, je pour-45 rais lui en acheter une...

---

1. Mensonge.
2. Personne qui tient une boutique.
3. Pièce de métal portant le nom et les dates de naissance et de mort d'un défunt.

– Trente dollars ! Mais votre album n'en vaut même pas dix, mon petit, je regrette...

Ronald me glissa un regard et dit alors :

– Je parie qu'avec ces beaux timbres autrichiens, il te les
50 aurait donnés, les trente dollars !

Et voilà que le boutiquier ouvrit l'album à la première page – maintenant presque vide – de l'Autriche.

– Ah oui, je m'en souviens. Vous en aviez plusieurs ici, et très beaux... Qu'est-ce qu'ils sont devenus ?

55 – Tu sais ?... me chuchota Ronald.

Malgré moi, je cherchais à affecter[1] l'indifférence, l'air de ne plus me soucier de ces sottes accusations. Cependant, stupéfait, fasciné par cette scène, je me surpris en train de m'accuser d'avoir pris à Willy une chose dont il avait maintenant le plus
60 grand besoin.

– Alors, vous ne les avez plus, ces beaux timbres-là ? continuait le brave homme. Dommage, avec ceux-là j'aurais pu peut-être vous donner quinze dollars. Mais vous vous faites des illusions si vous croyez que trente dollars...

65 – Alors, combien me donnez-vous ?

– Rien. Je vous répète que j'en ai déjà trop. Jamais je ne pourrai les vendre...

– Ça ne fait rien. Vous m'offrez quand même quelque chose, non ? Combien ? Si, si, je vous prie, allons...

70 – Bon, bon, dit le boutiquier, cédant enfin. Je ne sais s'il faut

---

1. Simuler.

croire à cette histoire de votre frère, mais je vous fais confiance. Tenez, dit-il en sortant de son tiroir-caisse un billet de dix dollars. Prenez-ça et ne dites jamais que je n'ai pas bon cœur. Mais il vous faudra beaucoup plus que ça, si vous voulez acheter une
75 plaque...

— Je sais, répondit Willy, mais je gagnerai le reste chez le pharmacien après l'école.

Malgré le chagrin qu'il devait avoir à se séparer de sa collection, je voyais sur le visage de Willy une expression de bonheur.
80 Sans doute la joie de donner. Je l'enviais pour cela. Dans son élan, il se précipita aussitôt vers la sortie. Il passa tout près de moi sans me voir. N'y tenant plus, je le rattrapai par la manche :

— Il faut que tu me dises, Willy. Tu crois toujours que c'est moi qui les ai pris ces timbres ?

85 Il se dégagea :

— Oh, je n'en sais rien. Je ne suis plus sûr de rien... En tout cas, ne va pas clabauder partout que j'ai vendu ma collection ! Parce que, je veux en faire la surprise à ma mère. Tu m'entends ? Pas un mot à personne !

90 Willy sortit et Ronald, s'attardant visiblement exprès, passa tout contre moi :

— Ce n'est pas la peine de chercher à les vendre, ces beaux timbres que tu as fauchés, ricana-t-il en rebroussant le duvet devant ses oreilles. Tous les boutiquiers et collectionneurs sont
95 prévenus...

— Willy a fait ça ? demandai-je, stupéfait.

– Non, c'est moi, répondit-il sur un ton provocant et content. Je viens de tout expliquer à celui-ci, ils le savent tous, maintenant. Tous sont mis en garde. Tiens. J'ai même rencon-
100 tré ton Mr Sandt à la patinoire il y a quelques semaines...

– « Rencontré » ? Tu veux dire plutôt que tu es allé spécialement chez lui pour le lui raconter.

– Aussi. Et puis après ? En tout cas, si tu cherches à les vendre, même à lui, tu perdras ton temps.

105 – Tu vois, Ronald, je ne me fâche même plus. J'en suis lassé.
C'est toujours la même rengaine[1]. Venez perquisitionner chez
moi si vous voulez. Je suis prêt à vous donner toutes les preuves
que vous voudrez. Ah, j'ai bien regretté de ne pas m'être laissé
fouiller !

110 Je reçus la réponse que je méritais.

– Sale menteur !

Il me quitta pour rattraper Willy.

Je restai là, perdu près de la porte, à côté des vitrines. Le boutiquier, qui avait entendu, s'approcha de moi. Je reculai :

115 – Vous aussi, vous allez m'accuser peut-être ! Rassurez-vous, je
n'ai rien pris. Vous pouvez me fouiller même, si ça vous amuse !

Interloqué[2], l'homme demeura silencieux, puis :

– Mais, voyons, je ne vous accuse de rien. Qu'est-ce qui vous
prend tout à coup ?

120 Il s'approcha tout près et me demanda :

---

1. Chanson répétée de manière lassante.
2. Très surpris.

– Vous avez froid ? Pourquoi tremblez-vous ? Vous n'êtes pas malade, j'espère ?

Je me sauvai, persuadé qu'après, cet homme allait vérifier s'il ne lui manquait pas quelque chose.

125 Quel apaisement que de se mélanger aux grandes foules de ces samedis après-midi ! Tous ces gens qui se bousculaient, se hâtaient en tout sens, qui m'ignoraient et m'ignoreraient toujours, dont aucun ne m'accuserait de rien. Autrefois, devant le spectacle du soleil levant, comme je me sentais puissant !

130 Décidément, j'avais bien changé.

BIEN LIRE

CHAPITRE 17
• **Quelle importance financière et affective prennent les timbres autrichiens ?**
• **Comment expliquez-vous la réaction de Jeff ? Commentez celle du boutiquier.**

18

Un jour je passais par le jardin de la vieille dame qui m'avait fait cadeau du quartz rose, quand elle sortit de sa maison et m'appela. Elle me demanda comment j'allais, comment allait Bubby, si le quartz rose lui avait fait plaisir. Puis, après un silence :

– Oh Jeff, tu n'aurais pas vu par hasard une pelle à enlever la neige ? La mienne a disparu, tu sais, elle avait un manche vert et rouge. Je me demande si quelqu'un ne l'aurait pas peut-être... empruntée...

– Vous croyez que c'est moi, n'est-ce pas ? Chaque fois que quelque chose disparaît, on croit que c'est moi.

Elle était désolée, chercha vainement à me rappeler et vint même, par la suite, s'excuser auprès de ma mère.

J'étais susceptible[1] sans raison. Un soir, Bubby avait suspendu un drap au sous-sol, derrière lequel il avait placé une lampe. Il m'appela pour me faire admirer une démonstration d'ombres chinoises.

Il me donna d'abord, à l'aide de coussins, une saisissante interprétation, inspirée par les événements[2], d'un traître japonais décapité au sabre. Je me surpris en train de me demander ce que j'étais vis-à-vis de Willy et de me tâter le cou.

---

1. Facilement vexé.
2. Allusion au conflit américano-japonais de la Seconde Guerre mondiale et à l'exécution de Tojo.

– Tiens, Jeff, cherche à deviner le nom de la bête que je suis en train d'imiter, dit-il en faisant jouer l'ombre de ses mains sur le drap. Devine, Jeff.

25   – Je ne sais pas.

– Devine, si, devine. Elle est maligne, elle vole des poulets, elle a de longues oreilles pointues, tu ne vois pas ce que c'est ? Regarde, elle a peur, elle se sauve. Devine... C'est un renard.

– Oh, fous-moi la paix avec ton renard !

30   Je montai brusquement dans ma chambre. J'avais du remords. J'hésitai longtemps avant de me coucher. Je me rappelais ma mère affirmant que j'étais bon. Je descendis doucement l'escalier avec l'intention de dire à Bubby que je regrettais mes paroles. Sa porte était entrebâillée. Je m'en approchais

35   quand j'entendis sa voix :

– Qui est là ?...

J'hésitai un instant, mais ne répondis pas.

– Jeff ? C'est toi ?

Je me sauvai dans ma chambre sans avoir rien dit.

40   J'étais devenu si susceptible en effet qu'un jour chez Mr Sandt, alors qu'il cherchait une médaille égarée, je protestai véhémentement[1].

– Ce n'est pas moi ! Pourquoi me regardez-vous comme ça ? Ce n'est pas moi !

45   – Mais jeune homme, je ne te demande rien. Je ne te

---

1. Avec force.

regarde pas du tout. Pourquoi protestes-tu ainsi ? Hein, pourquoi ?...

Je commençais à vider mes poches pour le convaincre.

– Arrête-toi, remets tes affaires dans tes poches. Je ne te soup-
50 çonne de rien. Ah ! la voici, ma médaille... Enfin, qu'est-ce que
ça signifie de crier ainsi. Tu es fou, mon petit.

C'est ce qu'on me dit aussi, le jour où, passant devant un
groupe d'élèves et croyant entendre les mots « perquisitionner »
et « voleur », je leur lançai :

55 – Alors, vous n'avez plus le courage de le dire à haute voix
maintenant ?

– Quoi ? s'exclama-t-on en rigolant. Mais non, on parle du
dernier western qu'on donne au cinéma Isis. Tu es fou.

– Ça te travaille, hein ? Ça se voit !

60 Mais, à l'école, d'habitude, j'étais davantage sur mes gardes ;
je ne réagissais pas aussi spontanément. La classe riait aux plaisanteries que Miss Martel tirait parfois du *Reader's Digest*[1]
quand la pluie nous empêchait de sortir à la récréation. Même
si, dans mes fréquentes rêveries, je n'avais pas entendu, je n'en
65 saisissais pas moins cette occasion de détente. Une fois, un élève
m'avait murmuré que, quand on était affligé d'une lèvre
pareille, on ne riait pas. Un autre, que je riais comme une
hyène. En tout cas, le rire provoquait en moi un tel apaisement
que je devais avoir l'air assez étrange.

---

1. Mensuel américain très populaire.

70   Un beau jour, on prit l'habitude de me l'interdire. C'était une interdiction toute morale : chaque fois que la classe s'esclaffait, les élèves près de moi me surveillaient, guettant le moment où le moindre sourire se dessinerait sur mes lèvres. Et à cet instant, couverts par le bruit des rires, ils se déchaînaient
75 contre moi :

— Ferme ta gueule !

— Essuie ce sourire de ta sale bouche !

De même, si j'osais siffler tout doucement, en arrivant à l'école, la chanson : *Oh, what a beautiful morning !* on sifflait
80 en m'imitant sauvagement pour me faire taire. Je ne leur en voulais pas. Je me persuadais que je méritais tout ce qui m'arrivait.

Willy, je le répète, ne participait jamais à ces brimades.

Pendant l'une de ces récréations où Miss Martel nous lisait
85 les dernières blagues du *Reader's Digest*, l'institutrice de Bubby entra et lui souffla quelques mots. Miss Martel annonça que mon petit frère était malade et que je devais le raccompagner à la maison.

— Mais, protestai-je, Bubby ne peut pas rentrer tout seul ? Il
90 le fait tous les jours.

— Bien sûr que non, voyons, répondit-elle avec indignation. Il est malade, je vous dis. Il faut le raccompagner. D'ailleurs il pleut...

À l'idée que j'allais sortir, la classe poussait des soupirs de
95 soulagement :

— Enfin ! On va pouvoir respirer !

– Allons, allons, protesta Miss Martel. Ce n'est pas gentil de dire des choses pareilles.

Je trouvai Bubby, l'air triste et abattu, à la sortie de sa classe. Il cherchait à me prendre l'index, comme autrefois. Je repoussai sa main et le pris brutalement par la manche :

– Allons, toi ! Pourquoi as-tu fait ça ? Tu ne peux plus rentrer seul maintenant ? Tu ne sais pas que toute la classe s'est moquée de moi ?

– Je ne me sens pas bien, gémissait-il. Je ne me sens pas bien...

L'institutrice, en effet, m'avait dit qu'il avait « l'estomac malade ».

Tout le long du chemin de retour, je ne cessai de le gronder :

– Attends voir. Tu vas me payer ça. Jamais je ne te pardonnerai de m'avoir ridiculisé !...

Enfin je me tus et nous continuions en silence quand il me dit :

– Tu ne m'aimes plus, Jeff ? Tu te souviens des fois où j'allais te chercher après l'école ?...

– Et puis après ? Ça ne t'excuse pas pour aujourd'hui.

– Ce n'est pas ce que je veux dire. Je veux dire qu'à ce moment-là tu étais gentil avec moi. Hier soir... enfin, ce que tu m'as dit hier soir, c'est vrai ?

– Quoi donc ? demandai-je, car j'avais déjà oublié.

– Tu m'as dit : « Chaque fois que je te vois, c'est pour que tu m'embêtes. » C'est vrai ? Tu ne m'aimes donc plus ?

– Sais pas...

– Alors c'est non.

125 Je ne répondis pas. Je ne le regardais même pas, peut-être de peur de voir ses larmes. Un instant j'hésitai, j'allai lui demander pardon, lui dire : « Bien sûr, Bubby, je t'aime. Et ne pense plus à ce qui t'est arrivé à l'école ; ça n'a aucune importance... »

130 Ces paroles, malheureusement je ne les prononçai pas.

– Dis, Jeff, insistait-il. Tu ne m'aimes plus ?

– Oh, aimer, aimer... Est-ce que tu sais seulement ce que ça veut dire ? Tais-toi, et ne parle pas de choses que tu es trop petit pour comprendre...

135 C'est vers cette époque-là qu'on voyait Bubby passer des heures à la fenêtre, silencieux, immobile. On ne l'entendait presque plus dire : « Quand je serai grand... »

Si nos parents lui demandaient :

– Qu'est-ce que tu fais là ?

140 Il répondait :

– Rien.

– Qu'est-ce que tu peux bien regarder, à rester ainsi à la fenêtre tout le temps ?

– Je ne sais pas...

145 Un samedi, comme je faisais souvent, je passai à bicyclette dans le voisinage de la maison de Willy, sans y aller tout à fait.

Tout à coup je l'aperçus. Il descendait la rue avec une petite charrette remplie de vieux journaux et de bouts de caoutchouc

usés qu'à cette époque les enfants ramassaient de porte en porte
150 « pour l'effort de guerre[1] ».

Chercher à renouer avec lui ? Puis attendre l'heure de faire
enfin mon aveu et me débarrasser de ce fardeau[2] ? Peut-être…
C'était maintenant ou jamais, car il était seul, ce qui n'arrivait
pas souvent. Je me croisai les doigts pour me donner du cou-
155 rage, puis, fou d'espoir, je courus vers lui.

Mais, même avant de lui parler, je sentis entre nous comme
une muraille[3] infranchissable.

– Qu'est-ce que tu fais ? dis-je, faute de mieux.

– Tu vois, répondit-il en désignant les bouillottes[4] crevées, les
160 tuyaux d'arrosage percés, les journaux jaunis.

Dans un silence pesant, je le suivais, désolé qu'il ne me
demandât pas de l'accompagner, n'osant pas moi-même le lui
proposer.

– Ronald ne vient pas avec toi ? repris-je enfin.

165 – Non. Je ne le vois plus beaucoup…

Je ne pus cacher, dans ma surprise, une certaine joie :

– Mais pourquoi ?

– Je ne sais pas. Je crois que c'est sa mère. Oh, elle est toujours gentille avec moi, bien sûr, mais chaque fois que j'accom-
170 pagne Ronald chez lui, elle l'emmène tout de suite en voiture

---

1. En temps de guerre, les civils contribuent financièrement en faisant des dons en nature.
2. Poids.
3. Mur.
4. Récipients remplis d'eau bouillante qui servent à réchauffer les lits.

avec elle aux grands magasins, en ville, ou je ne sais où. D'ailleurs, elle a dû lui dire quelque chose me concernant ; il est distant, tout d'un coup. Maman dit que c'est normal, car, après tout, je ne suis pas fils de médecin, moi...

175　　　— Ta mère va mieux, à propos ?

— Oui, mais elle est encore au lit. Elle parle tout le temps de George. Oh, elle s'en remettra ; elle est plus forte qu'on ne pense.

Ces dernières paroles me rappelèrent douloureusement celles
180　qu'il m'avait adressées après le jeu de « l'Homme sur la Montagne »

— Dis, demandai-je après une hésitation, le jour où je t'ai rencontré, tu sais, le jour où on jouait au jeu de « l'Homme sur la Montagne ».

185　　　— Oui... et alors ?

Trop tard maintenant, il fallait le dire.

— Et alors ? répéta-t-il.

Les mots sortirent presque malgré moi, trop rapides :

— Pourquoi as-tu été gentil avec moi à cette époque-là ?

190　　Gêné, il se pencha pour mieux ranger dans la charrette un vieux tuyau de caoutchouc avec un robinet. Cet objet me fit penser au jour de notre explication devant les lavabos à l'école.

— Oh, sais pas... J'avais un peu pitié de toi...

— Pitié ! Ah ce n'était donc pas de l'amitié ; seulement de la
195　pitié, et rien de plus. Je t'embête, n'est-ce pas ? Si, je vois bien que je t'embête.

Et je partis en courant. Je ne me retournai pas une seule fois. Je n'en espérais pas moins être rappelé.

– Jeff !

200 Bien que prononcé sans insistance, ce simple appel m'apporta un grand soulagement, me remplit de joie. Et pourtant, bêtement, très bêtement, je ne répondis pas.

Seul de nouveau, je m'éloignai. « Rien que de la pitié ! me disais-je, déçu. Mais ça change tout. Ce n'est pas la même chose 205 que d'avoir volé un véritable ami. Ah, si son amitié pour moi avait été sincère, ç'aurait été beaucoup plus grave. »

Cependant, je ne réussis pas longtemps à me duper ainsi. Comment Willy aurait-il pu ne pas ressentir pour moi de la pitié aussi ? Et la pitié ne renfermait-elle pas, malgré tout, 210 quelque chose de beau ? À part Willy, y avait-il un seul autre élève capable même de pitié, sans parler d'amitié ?

Renouer avec Willy ? Non, quand lui-même l'aurait voulu, alors c'est moi qui n'aurais pas pu. Comment le regarder en face, comme un ami ?

215 J'allai directement à ma chambre avec la ferme intention de détruire ces timbres une fois pour toutes. Je m'arrêtai devant le Whitfield's Sampler. Je ne l'avais ouvert que trois fois depuis le vol. Penser qu'autrefois, quand j'espérais devenir un jour un grand philatéliste, je m'étais promis d'avoir une collection si 220 belle qu'il faudrait un coffre-fort pour la protéger. À défaut de coffre-fort, me disais-je amèrement, j'ai du moins ce Whitfield's Sampler...

Les jeter, ces timbres ? Ils me fascinaient toujours, tout autant que la première fois. Détruire les timbres de « l'Homme 225 sur la Montagne », comment aurais-je pu ? Je finis par les replacer dans le double fond.

BIEN LIRE

CHAPITRE 18

• **Pour quelles raisons les élèves interdisent-ils à Jeff de rire ? Qu'en pensez-vous ?**

• **Jeff est incapable de dire « je t'aime » à Bubby : pourquoi ?**

• **Jeff se donne de mauvaises raisons pour ne pas répondre à l'appel de Willy. Pourquoi cherche-t-il à se « duper » ainsi ?**

19

Hélas, même cachés, les timbres me tourmentaient autant que si je les avais eus sous les yeux. Je les ressortis. Qu'en faire ? Je ne pouvais tout de même pas les garder indéfiniment. Bon, c'était décidé, le lendemain je les porterais à l'école, je guette-
5 rais l'instant où, sans être aperçu, je pourrais les glisser dans le pupitre de Willy.

Comme je prenais mon petit déjeuner, maman observa :

– Qu'est-ce que tu as encore fourré dans la poche de ton pan-talon ? Ton mouchoir ? Non ? Alors quoi ? Fais voir.

10 Et comme je n'en faisais rien, elle poursuivit :

– Pourquoi ne mets-tu pas toutes tes affaires dans ton car-table ? Tu déformes toujours tes poches. Et après, c'est moi qui dois les raccommoder...

Pendant les premières heures de classe, je fus dans l'inquié-
15 tude à l'idée d'avoir sur moi ces timbres que je sentais à travers ma poche. Chaque fois qu'on me regardait, je baissais les yeux comme si les autres avaient pu deviner. J'allais même jusqu'à craindre l'éventualité[1] – si inconcevable fût-elle – qu'on se jetât sur moi pour me fouiller.

20 Vinrent les vingt minutes de récréation. J'attendais anxieuse-ment l'occasion d'être seul dans la classe. Hélas, Miss Martel s'attardait à son bureau, à corriger des copies.

---

1. Possibilité.

– Pourquoi ne sors-tu pas, Jeff? Il fait beau dehors...

– Je ne me sens pas bien, dis-je sans mentir.

25 – En effet, tu n'as pas très bonne mine. Justement, cela te fera du bien de prendre l'air, allons. Tiens-toi droit et ne mets pas tes mains tout le temps dans tes poches, c'est vilain.

Je crus que jamais je ne trouverais le moment d'opérer ma restitution. Cependant, à l'heure du déjeuner, comme tout le 30 monde partait pour le réfectoire, je saisis l'occasion et restai en arrière.

Pour que les timbres ne se perdissent pas, il fallait les mettre dans quelque chose. Mais dans quoi? Une feuille de papier? Pas le mien; on l'aurait reconnu. J'aperçus alors, par terre près 35 du pupitre de Ronald, une feuille de papier-buvard. Vite je la pliai, glissant à l'intérieur les timbres que, non sans tristesse, je posai parmi les affaires de Willy. C'était fait.

Retourné à mon pupitre, je contemplai de loin ce bout de buvard; il coiffait un livre dont la tranche portait l'inscription: 40 «Willy A».

Enfin, je compris qu'il fallait partir avant que quelqu'un vînt me demander ce que je faisais là. Dans le couloir, brusquement je changeai d'avis et retournai en courant reprendre les timbres. Trop tard. Comme toujours en l'absence de Miss Martel, le 45 groom automatique[1] avait refermé la porte à clef. Me haussant sur la pointe des pieds, je jetai un ultime regard à travers la vitre. Je ne pouvais plus enrayer[2] les conséquences de mon acte.

---

1. Système mécanique qui fait que les portes se referment sans claquer.
2. Empêcher.

Mais, tout compte fait, je n'étais pas mécontent de penser que Willy retrouverait bientôt la plupart de ses timbres. Je m'éloi-
50 gnai, partagé entre un sentiment de perte et celui d'un soula-
gement partiel.

Troublé, je m'assis un instant sur le rebord de la fenêtre du couloir d'où je contemplai cette porte fermée. Puis, attiré par de lointains cris de l'extérieur, je regardai à travers la vitre dont
55 la vue surplombait de trois étages le champ de récréation. Quelques passionnés du base-ball, ayant gobé[1] leur déjeuner en vitesse, occupaient déjà le terrain. J'aimais cette fenêtre où je venais quelquefois m'asseoir, parce qu'elle me permettait de voir sans être vu... J'appuyai ma joue contre un carreau intime[2]
60 dont la fraîcheur me faisait du bien.

Dehors, le « bat » claquait contre la balle, puis le coureur se hâtait pour enfin accueillir, en regagnant le but, les hourras des supporters. Sur la vitre, la buée de ma respiration étendit un nouvel écran entre eux et moi.
65 Dès la rentrée en classe, commença pour moi l'attente pénible du moment où Willy allait tout découvrir. Ce fut long. À chaque instant je jetais des regards anxieux vers le coin où étaient les timbres. Ce ne fut que bien après la récréation de l'après-midi, en fin de journée, que sa main heurta le buvard.
70 C'était pendant la leçon d'écriture. Moi, je cherchais à me montrer aussi appliqué que possible à mon travail. Je ne cessais de faire d'énormes taches d'encre sur ma copie.

---

1. Avalé rapidement.
2. Personnel, privé ; l'enfant pose souvent sa joue sur ce carreau pour se consoler.

Sans tourner la tête, je devinais bien l'étonnement de Willy et les regards qu'il lançait vers moi. Enfin, je ne pus résister à
75 hasarder quelques coups d'œil qui m'apprirent que je n'étais plus l'objet de son attention. Une conversation silencieuse s'échangeait entre lui et Ronald. Les yeux de Ronald étaient pleins de perplexité ; dans ceux de Willy, une fureur violente, menaçante, comme je ne lui en avais jamais vue.

80 À la sortie de l'école, la dispute entre eux se déclencha. À ma grande stupéfaction, c'était Ronald maintenant que Willy accusait de vol :

– Mais où sont donc les plus beaux ? Tu me rends tout, sauf ceux qui ont de la valeur. Et les autres ?

85 – Tu es fou ? Ce n'est pas moi, protestait Ronald, je le jure ! Quelle preuve as-tu ? Ce buvard...

– Mais oui, regarde toi-même, on y lit ton nom à l'envers. Puis, m'apercevant, Willy s'approcha et glissa autour de mon cou un bras amical.

90 – Mon pauvre Jeff, pardonne-moi, je t'avais mal jugé. Quand je pense ! La manière dont je t'ai accusé, et toute la classe... Comment pourras-tu jamais me pardonner ?

Je restai muet. Ce bras redevenu subitement affectueux, me pesait sur l'épaule – je le méritais si peu. Certes, je n'étais pas
95 fier de cette fausse accusation dont j'étais l'involontaire instigateur[1] ; cependant, je n'étais pas mécontent de voir que la cible

---

1. Dirigeant, responsable.

était ce même Ronald qui m'avait si longtemps accablé. Aussi ne fis-je pas grand-chose pour le disculper[1].

– Fais voir ce buvard, dis-je.

100 En effet, au milieu de nombreuses taches d'encre et de gribouillages absorbés, je distinguai pour la première fois, à peine marqué mais sans méprise possible, le nom de Ronald.

– Remarque, ça ne prouve rien, repris-je, gêné du regard reconnaissant de Ronald.

105 – Tu vois, dit-il à Willy, Jeff lui aussi trouve que ça ne prouve rien.

– Comment, rien ! cria Willy. Qu'est-ce que tu veux de plus ! Et penser que tu avais laissé accuser ce pauvre Jeff, lui qui est assez bon pour te défendre maintenant. Salaud, tu ne vaux pas 110 cher !

– Alors, tu crois maintenant que c'était moi le voleur ? s'indigna Ronald. Mais tu m'as fouillé, rappelle-toi...

Comme j'avais paru le soutenir, il n'osait pas énoncer ce qu'on lisait dans ses yeux : que moi, au contraire, on ne m'avait 115 pas fouillé.

– Oui, mais ça ne prouve absolument rien, répondit Willy. Comme Jeff l'a remarqué il y a longtemps, je ne t'ai guère fouillé. Tu aurais pu les mettre... mais dans tes chaussures par exemple. Et le reste est facile : tu avais honte, tu voulais les 120 rendre, tu n'as pas fait attention quand tu as pris ce buvard,

---

1. Faire reconnaître son innocence.

voilà. Et malgré tout, tu es encore assez salaud pour garder les plus beaux.

— Mais je te jure que non. Je te jure sur la tête...

— Tu vois, Ronald, lui dis-je non sans un certain plaisir, tu
125 vois maintenant ce que c'est d'être accusé...

— Dis-moi, Jeff, me demanda Willy, il y a une chose que je voudrais savoir : avant que Ronald vienne me rejoindre au salon, tu sais, il était avec toi. À ton avis, est-ce qu'il a pu les prendre à ce moment-là, les timbres ?

130 — Peut-être, je n'en sais rien.

— Tu n'as rien vu ? reprit Willy. Non ? Tant pis.

— Moi j'ai compris ! s'écria subitement Ronald, en me désignant du doigt. C'est lui, ça crève les yeux ! C'est lui qui est venu me faucher ce buvard dans mon pupitre. Évidemment !

135 — Tais-toi, riposta brutalement Willy. N'accuse jamais plus Jeff. Sinon tu le regretteras, c'est moi qui te le dis !

— Comme injustice, ça alors ! s'exclama Ronald. Et puis, même en admettant que c'était moi, je n'aurais pas mis ces timbres dans mon propre buvard, voyons !

140 — Je n'en suis pas si sûr... répondit Willy. Pourquoi pas, si tu ne savais pas que ton nom s'y voyait ?

— Allons, dis-je enfin. N'accable pas Ronald, ça ne sert à rien. Après tout, est-ce que ce buvard prouve quoi que ce soit ? Non ! Alors ?...

145 Comme nous nous éloignions, Willy et moi, il lança une dernière fois derrière Ronald :

— Et les autres, les beaux ? Tu me les rendras, tu verras !

– Je sais pourquoi tu m'accuses maintenant, Willy, cria
Ronald. C'est uniquement parce qu'on n'est plus aussi bons
150 amis qu'autrefois. Tu m'en veux...

– Ne l'écoute pas, me dit Willy en lui tournant le dos et
m'entourant à nouveau de son bras affectueux. Alors, tu me
pardonnes quand même ? Oh ! je comprendrai très bien si tu ne
veux pas... Dis, l'autre jour, tu sais, quand tu t'es sauvé, je t'ai
155 appellé. Pourquoi tu n'as pas répondu ? Tu ne dis rien. Tu ne
me pardonnes pas ? Enfin réponds !

– Mais si...

– « Si » quoi ? Alors tu me pardonnes, si je comprends
bien ?...

160 – Oui... murmurai-je enfin, faute de mieux, mais obligé de
répondre quelque chose. Je n'étais guère à l'aise. Surtout chaque
fois que j'entendais ce mot de pardon.

Dans ses yeux naissait une joie où je crus discerner un certain soulagement :

165 – Alors, nous sommes de nouveau amis ? demanda-t-il. Tu
sais, ce timbre japonais que je t'avais préparé le jour du vol, eh
bien il t'attend toujours...

Au prochain coin de rue, je saisis l'occasion de me séparer de
lui.

170 – Tu ne vas pas me quitter déjà ? protestait Willy. Allons,
viens chez moi.

– Je ne peux pas. Mon père m'attend à la maison, dis-je
improvisant un mensonge.

– C'est ça, pour aller t'acheter des vêtements ou pour aller

175 chez le dentiste. Tu parles exactement comme Ronald maintenant. Enfin, si tu ne me pardonnes pas, c'est bien ton droit, je
ne t'en veux pas.

— Mais si, je te « pardonne », Willy, puisque tu tiens à
employer ce mot. Seulement, on m'attend à la maison, je te
180 jure...

Je n'aurais pas demandé mieux que d'accompagner Willy
chez lui. Mais accepter de lui une réconciliation à laquelle je
n'avais pas droit, c'eût été encore une sorte de vol.

Nous nous quittâmes sur un « à très bientôt » mutuel auquel
185 je ne croyais pas, lui non plus sans doute. Protégé par des buis-
sons, je restai longtemps à le regarder s'éloigner. Je ne l'avais
jamais vu si seul. Je fis un détour pour passer par le coin de mur
où, le jour de « l'Homme sur la Montagne », un débordement
de joie m'avait poussé à jeter des poignées de neige en l'air...

BIEN LIRE

CHAPITRE 19
• **C'est Willy qui finalement demande pardon à Jeff. Que pensez-vous
de ce retournement de situation ? Comment le narrateur le ressent-
il ? Que fait-il ?**

20

Et puis ce fut Pâques. Cette journée qui devait être affreuse s'était parée d'un soleil magnifique. On entendait la neige fondre sur le toit et de temps en temps un glaçon s'en détacher et se fracasser par terre.

Ma mère, désirant nous régaler d'un déjeuner exceptionnel, préféra assister, au Temple[1], au premier service du matin. Elle y emmena Bubby. Mon père et moi, qui devions assister comme d'habitude au deuxième service[2] de 11 heures, les croisâmes en route.

— Vous allez voir quel festin je vous prépare ! lança ma mère.

— Moi aussi, je vais faire une surprise à quelqu'un... ajouta Bubby d'un air mystérieux.

En effet, comme ma mère me le raconta plus tard, le petit Bubby s'était occupé à bouillir, dans diverses teintures, des œufs que ensuite, il était allé cacher partout dans la maison. À l'aide d'un crayon de cire blanche il avait écrit sur les coques des mots qui restaient en blanc après la teinture : « Maman », « Papa », « Bonnes Fêtes », « Joyeuses Pâques ». Mais la plupart portaient mon nom, « Jeff ».

Il avait aussi monté la table pliante. Il y avait installé, auprès

1. Lieu de culte des protestants.
2. Célébration du culte.

d'un grand lapin en chocolat, le damier avec ses pions bien rangés, disant à maman :

— Je vais demander à Jeff de jouer aux dames avec moi comme autrefois, comme à Pâques l'année dernière...

25   Ignorant tout de ces préparatifs, mon père et moi avions donc assisté au service de 11 heures. Comme, depuis le vol, je préférais ne pas aller au Temple, j'y étais allé uniquement parce que mes parents insistaient.

Pendant les cinq jours de classe précédant Pâques, je n'avais 30   compté que trois allusions aux timbres ! Cela me permettait d'espérer. Cependant, ce fut justement ce jour de fête que j'essuyai la pire réflexion de toutes. De Ronald, bien entendu.

Midi sonnait, les orgues grondaient, les gens sortaient du Temple par la grande porte, échangeaient des amabilités[1], don-35   naient des poignées de main au pasteur en robe noire en le félicitant sur son sermon[2]. Mon père s'était attardé sous la voûte à parler avec lui tandis que, un peu à l'écart, je l'attendais en plein soleil.

À ce moment Ronald, les cheveux pommadés, son duvet 40   rasé, apparut. Il avait l'air de me chercher.

— Tiens, te voilà. Je t'ai vu entrer tout à l'heure. Dis, tu ne trouves pas ça un peu fort quand même, toi, revenir ici ?...

— Oh ! arrête, Ronald... dis-je d'un air lassé.

— Alors c'est complètement oublié, ce petit vol ? Et le fait de

---

1. Politesses.
2. Homélie, discours que tient un pasteur ou un prêtre durant le service religieux.

45 m'avoir tout mis sur le dos avec cette histoire de buvard, tu n'y penses plus, bien sûr !

— Encore ! Tu sais bien que c'est faux. Ce n'est pas de ma faute si...

— Tiens, c'est exactement ce que dit mon père, que ce n'est
50 pas de ta faute. Il est médecin, tu sais. Il dit qu'un vol, des fausses accusations, et tout, ce n'est pas étonnant venant de toi, parce qu'avec ton bec-de-lièvre, tu es sûrement un dégénéré[1]. Il pense que tes parents sont probablement anormaux, et que ça ne pouvait rien donner de bon. Ah, ils t'ont bien raté, tu sais !
55 Puis, voyant que j'allais me jeter sur lui, il se sauva avec ses grandes jambes, sans un mot de plus. Il y avait un je ne sais quoi de satisfait dans son départ.

Je restai là, immobile. Ce fut la main de mon père sur mon épaule qui me réveilla :
60 — Mais qu'est-ce que tu as ? Tu n'es pas malade, non ?

Pendant le retour vers la maison, mon père ne cessa de parler de l'« excellent » sermon du pasteur. Comme je l'écoutais à peine, il insista :

— Enfin, qu'est-ce que tu as ?
65 — Rien, je te dis... Dis, papa, est-ce que je suis un dégénéré ?

— Bien sûr que non. Quelle question !

— Et ma cicatrice, ce n'est pas un bec-de-lièvre ?

— Comment ? C'est un accident, tu le sais bien.

Papa mentait mieux que maman : je fus rassuré.

---

1. Atteint d'un grave affaiblissement des qualités physiques et mentales, taré.

70 – Qui t'a dit ça ? reprit-il. Ce garçon avec lequel tu parlais tout à l'heure, là devant le Temple ? Oui ! Et tu ne t'es pas défendu ?...

– J'allais, mais il a les jambes longues... Il m'a dit aussi que, toi et maman, vous m'aviez bien raté.

75 Mon père s'arrêta net.

Il blémit[1] comme s'il avait reçu un coup dans le ventre.

Et comme pour compléter l'énumération, j'ajoutai :

– Il m'a appelé voleur, aussi.

– Encore ! Tu te laisses insulter comme ça ! Tu encaisses.
80 Enfin, défends-toi, bon Dieu ! Si tu voulais avoir l'air coupable de ce vol, tu ne pourrais pas mieux faire.

J'avais espéré trouver quelque réconfort auprès de mon père. Au lieu de cela, sans le savoir, il m'accablait.

– Tu agis exactement comme un coupable. Mais défends-
85 toi ! Ne te laisse pas calomnier comme un lâche.

Brusquement, laissant mon père et sans répondre à ses appels, je franchis en courant la distance qui me séparait de la maison. Je voulais gagner tout de suite ma chambre, pour être seul.

90 Dans le couloir, Bubby me barrait le passage :

– Bonne fête, Jeff. Regarde !

Il s'apprêtait à tirer quelque chose de sa poche. Je cherchai à l'écarter de mon chemin :

– Je m'en fiche. Fous-moi la paix !

---

1. Devint très pâle.

95   — Mais, Jeff, gémit-il en me retenant par ma veste. Qu'est-ce que je t'ai fait ? Je suis gentil avec toi. Je ne t'appelle pas « Grosse-lèvre », moi...

Ce mot ne fit qu'augmenter ma colère. Je me débattais pour arracher sa main de ma veste.

100   Par la porte ouverte du sous-sol, la voix de maman se fit entendre :

— Allez-vous cesser ? Le jour de Pâques, voyons !

Pour me dégager, je repoussai Bubby. Désespéré, il s'écarta de moi, courut le long du couloir et, voulant sans doute se faire 105 consoler, prit l'escalier du sous-sol pour rejoindre sa mère. J'entendis un grand bruit. La hâte l'avait fait trébucher. Il dégringolait les marches de béton.

Maman déjà accourait, le tablier plein de pommes rouges qu'elle laissa tomber en voyant Bubby sans connaissance au 110 pied de l'escalier :

— Oh, mon Dieu, mon Dieu ! répétait-elle, brandissant encore une pomme dans sa main droite. Comme moi incapable d'agir, elle regardait Bubby sans oser le toucher et appelait de toutes ses forces mon père qui venait de rentrer. Lui seul garda sa présence 115 d'esprit. Avec une douceur infinie, il ramassa Bubby et le remonta. Il l'étendit sur le divan du salon. Un petit filet de sang coulait de son oreille gauche. Là, immobiles, silencieux, nous attendîmes l'ambulance qui mettait un temps interminable à venir. Attendaient aussi, tout près sur la table pliante, le lapin en 120 chocolat et le damier, avec ses dames prêtes à s'animer...

Au moment où les deux brancardiers[1] en blanc le plaçaient sur la civière, je vis ses yeux s'ouvrir :

– Jeff... Je ne l'ai pas fait exprès, je suis tombé. Tu me crois, Jeff, tu me crois ?...

125 Il me tendait une main qui renfermait un œuf dur écrasé avec sa coque bleue.

– Oui, je te crois...

Mes parents montèrent après Bubby dans l'ambulance.

– Toi, Jeff, reste ici, surveille la maison, me dit maman.

130 Puis machinalement :

– Va éteindre le feu sous le poulet, s'il te plaît.

J'entendis le cri de l'ambulance s'éloigner, je restai là avec le lapin en chocolat, les dames, les couverts et les napperons soigneusement disposés par maman. Il fallait, quand même, aller

135 éteindre le feu sous le poulet.

Je dus attendre très longtemps. Ce ne fut qu'en fin d'après-midi que mon père revint, il était seul.

– Où est Bubby ? Où est maman ? Il va guérir ; n'est-ce pas, papa, il va guérir ?...

140 – On ne sait pas encore. C'est pourquoi ta mère a eu l'autorisation de passer la nuit près de lui. Raconte-moi comment cela s'est passé.

Je lui expliquai.

– Jeff, demanda-t-il. Pourquoi Bubby t'a-t-il dit tout à

---

1. Personnes portant une civière.

145 l'heure qu'il ne l'avait pas «fait exprès»? Lui avais-tu fait tant
de peine?...

– Oui, c'est entièrement de ma faute, m'écriai-je. Je faillis
même dire que c'était la faute des timbres.

– Non, Jeff, ce n'est la faute de personne. Ta mère croit que
150 c'est sa faute aussi, pour avoir laissé la porte du sous-sol
ouverte. Ce n'est la faute de personne. Mais, tout de même, tu
aurais pu...

– Quoi?

– Rien.

155 Et, sans doute parce qu'il voulait être seul, il me laissa.

Je ne pourrais dire combien de temps je restai dans le salon,
à répéter sans cesse tout bas la même prière:

– Dieu, faites qu'il guérisse.

Un coup de sonnette discret. Je vis, à travers la porte, la
160 petite voisine qui aplatissait son nez contre la vitre.

– J'ai vu ton père rentrer tout à l'heure... Comment va
Bubby?

– On ne sait pas encore...

– Chez nous, on s'inquiétait, on a vu partir l'ambulance.

165 – Il faut qu'il guérisse! m'écriai-je. Je prie pour lui sans arrêt.

– Oh, ça ne servira à rien, puisque tu n'es pas catholique...
Dieu ne t'écoute pas, toi... Veux-tu que j'allume un cierge pour
lui à l'église?

– À ton église? Tu crois que ça pourrait l'aider à guérir?

170   – Bien sûr, répondit-elle. Mon grand-père n'a plus son ulcère
à l'estomac[1] depuis que...
       – Et tu crois que Dieu m'écoutera, alors?
       – D'abord il faut passer par la Vierge[2], et puis on verra...
Fou d'espoir, j'éclatai de rire, m'écriant:
175   – Alors, tu m'emmènes dans ton église? Tout de suite!
Allons-y, vite.
       Quand il apprit mon intention, mon père chercha à me
décourager. J'insistai:
       – Papa, c'est très important. Il faut essayer, il faut!
180   – Bon, mon garçon, si tu le crois... dit-il tristement en me
caressant la tête. Reviens vite.
       L'église Sainte-Marie se trouvait en haut de la colline d'en
face. C'était son clocheton[3] que je voyais de mes fenêtres le
matin. Pour y accéder, il fallait descendre jusqu'en bas où pas-
185 sait le tramway, traverser le pont au-dessus de la fosse que le
dégel remplissait d'eau, puis remonter l'autre colline.
       – Il ne faudra pas y rester trop longtemps, me dit la gamine
au moment d'entrer. Parce qu'il y aura vêpres[4] bientôt.
       – Vêpres?...
190   – Mais oui, je t'expliquerai une autre fois.
       Nous priâmes ensemble. Il fallut qu'elle m'apprît la prière à
la Vierge, que j'ignorais.

---

1. Plaie à l'intérieur de l'estomac.
2. Marie, mère de Jésus, était vierge alors même qu'elle avait déjà conçu son fils.
3. Petit clocher.
4. Heures de la messe dite autrefois le soir et désormais l'après-midi.

Dans l'obscurité, les flammes des cierges promenaient leurs lueurs chaudes sur la statue blanche. Je me sentais rempli de
195 mystère, certain de la guérison de Bubby.

Mais je voulais en être plus assuré encore :

– Dis, si je faisais un sacrifice ? Si j'apportais à l'église la chose à laquelle je tenais le plus. Ma collection de timbres...

Puis, songeant à la pâte dérisoire, au timbre transparent,
200 méconnaissable, que je gardais toujours, j'ajoutai :

– Jusqu'au dernier.

Après réflexion, elle répondit :

– ... Peut-être. Je ne sais pas. Va demander au prêtre.

Il était là, j'allai lui parler, mais il refusa mon offrande[1] :

205 – Mais non, la religion n'est pas un marché, mon fils. Garde tes timbres. Mais allume donc un cierge et prie pour lui.

Quand je voulus prendre trois cierges, ma petite compagne s'étonna :

– Mais pourquoi trois ? Un seul suffit.

210 – Et s'il s'éteignait ?

– Bon, c'est comme tu veux.

Je choisis trois cierges, des plus longs, que j'allumai et fixai sur l'un des candélabres[2].

Longtemps je restai à contempler ces flammes, à répéter mon
215 désir que Bubby guérît.

Le lendemain, Bubby était mort.

---

1. Don.
2. Chandeliers.

Dès que j'entendis ce mot, je me précipitai vers la porte.

– Où vas-tu ? Où vas-tu ? appelaient mes parents.

Comme un fou, je descendais la colline, courant de toutes
220 mes forces. Des passants s'écartaient, stupéfaits. La pente était
forte, j'allais trop vite, je tombai. Mon genou saignait. Sur le
pont je fis une deuxième chute, si violente que, pendant une
seconde, je perdis haleine.

Je me redressai et continuai, toujours courant, vers l'église
225 Sainte-Marie. Je poussai brutalement la porte et me lançai vers
les cierges dont les flammes tremblaient dans l'obscurité. D'un
geste, j'envoyai le candélabre cogner contre les dalles.

– Il est mort !

Mon père, qui m'avait suivi, arriva dans cet instant. Il me
230 prit dans ses bras.

– Il est mort... répétais-je.

Un attroupement grandissant de fidèles parlait de scandale.
Le prêtre, le même que la veille, me reconnut. Quand mon père
lui fit des offres de réparation, c'est avec beaucoup de compré-
235 hension et de noblesse qu'il refusa.

BIEN LIRE

CHAPITRE 20
• **En quoi Jeff est-il responsable de l'accident de Bubby ? En quoi
n'est-il pas responsable ?**
• **Comment interprétez-vous l'attitude et les pensées de Jeff lors de
sa première visite à l'église Sainte-Marie ?**
• **Qu'est-ce qui pousse Jeff à faire un « scandale » dans l'église ?**

21

Pendant plus d'une semaine, mes parents et moi, nous ne nous parlâmes pour ainsi dire pas. Nous ne pouvions pas soulever un coussin ni déplacer un rideau sans découvrir, cachés par Bubby, des œufs de toutes sortes, tantôt teintés, marbrés[1],
5 tantôt enrobés de feuilles de métal multicolores.

Je n'allais évidemment pas à l'école. Chaque fois que je sortais de la maison, il me fallait passer devant l'encoignure, entre le mur et la véranda. La neige avait disparu presque partout, sauf dans ce coin où ne pénétrait jamais le soleil et où l'on
10 voyait encore les restes du château de neige que nous avions construit, Bubby et moi, avant Noël. Quelques plaques grisâtres, saupoudrées de suif[2], grandes comme des assiettes renversées, voilà tout ce qui restait du beau fortin[3] où nous nous étions cachés, où nous avions ri, où il m'avait dit : « Tu es mon
15 frère. » Ces petites croûtes de neige m'inspiraient à la fois l'espoir et la crainte des journées tièdes qui allaient les faire disparaître.

Il ne m'était pas plus facile de passer près de ce coin que d'emprunter l'escalier du sous-sol. Je voulais éviter d'y passer, et
20 en même temps je m'y sentais attiré malgré moi. Pourquoi, me demandai-je, m'avait-il assuré qu'il ne l'avait pas « fait exprès » ?

---

1. Couverts de taches.
2. Graisse d'animal.
3. Petit fort.

Il avait même ajouté qu'il était « tombé ». Et là, sur l'étagère à côté de l'escalier, sa collection de pierres, le quartz rose. Je me rappelais que la vieille dame avait eu tant de plaisir à me l'of-
25 frir. Et moi tant de joie à le donner à Bubby. N'était-ce pas aussi la joie de donner qui avait poussé Bubby à me suivre dans le couloir, à vouloir m'offrir cet œuf bleu ?

Toujours ce doute me revenait : n'étais-je pas responsable de sa mort ? Indirectement tout au moins ? Cette incertitude, mes
30 parents ne cessaient de chercher à l'apaiser. En vain. La seule vraie réponse, c'était la vue de ce petit cercueil noir à poignées métalliques, froides, qui luisaient au soleil le jour où on emmena Bubby. Pauvre cercueil lapidé[1] par les mottes de terre fraîche qui enterraient aussi les fleurs que nous avions, à tour
35 de rôle, jetées dans la fosse.

Il y avait aussi l'inévitable gerbe de fleurs offerte, comme d'habitude, par la classe et Miss Martel. Elle était accompagnée d'une grande carte de condoléances à vitrail gothique, un peu moins belle que celle envoyée pour le frère de Willy. J'imaginais
40 la carte signée pendant l'heure d'écriture, la réticence devant la corvée d'aller choisir les fleurs, la désignation des « volon-taires », les commentaires de Miss Martel. Bubby avait dû ser-vir d'occasion à une grande leçon.

En présentant leurs condoléances, les voisins ne manquaient
45 pas de demander : « Comment est-ce arrivé ? »

---

1. Frappé comme à coups de pierres.

Mes parents répondaient toujours : « C'est arrivé... en jouant... »

« En jouant. » Qu'est-ce qui m'avait poussé à le désoler ? À cet étranger en moi, à cette bête inquiétante capable d'impulsions, de cruautés, je demandais des comptes. Pourquoi ? Si seulement j'avais pu savoir.

« En jouant... » Je n'arrivais pas à chasser ce mot de ma tête. J'y pensais à tout propos, surtout quand je voyais des enfants en train de jouer.

Un jour je m'étais arrêté, surpris par la vue de nos petites voisines qui jouaient à cache-cache avec l'insouciance du bonheur. J'étais tout étonné de cette gaieté, comme si je la découvrais pour la première fois. Et celle qui venait de gagner criait : « *Alley-alley-ox-in-free* ! » Et la dernière syllabe se prolongeait dans une sorte de chant insolent.

À ce moment, conscientes d'êtres observées, elles s'arrêtèrent. L'aînée, celle qui m'avait accompagné à Sainte-Marie, me lança :

— Tu sais où il est, ton petit frère ? Surtout après le scandale que tu as fait dans notre église ! Eh bien, c'est dommage, mais il est en Enfer, voilà. S'il avait été catholique, il serait au Ciel maintenant. Tant pis pour lui.

Puis, après avoir vainement attendu quelques instants une réponse de moi, elles reprirent leur jeu :

— *Alley-alley-ox-in-free-ee-ee* !

En tout cas, me disais-je en m'éloignant, où qu'il fût, le petit Bubby, son enfer, je le lui avais déjà donné, bien avant sa mort. Quant à moi, il me fallait vivre avec moi-même.

Cet escalier du sous-sol m'obsédait ; je ne pouvais pas l'éviter.
75 Là, sur l'étagère, la collection de pierres semblait attendre les cris admiratifs de leur propriétaire au moment où il les brossait à l'eau ou les regardait à la loupe. Un jour, en voyant ce quartz, j'eus l'envie, une nouvelle fois, d'en faire cadeau à Bubby. Je m'emparai donc de la pierre et l'apportai, à l'autre bout de
80 Somerset, au cimetière où je la mis au pied de la tombe. Longtemps je contemplai ce quartz rose posé sur la terre fraîche, me rappelant les paroles de Bubby lorsqu'il l'avait reçu pour la première fois, le jour de « l'Homme sur la Montagne » : « La plus belle pierre de ma collection ! De beaucoup ! »

85 Comme je venais de quitter le cimetière, je passai près d'une confiserie. Je m'attardai devant la vitrine, déjà dégarnie de sa ménagerie de chocolat[1]. Je me rappelai le lapin de Bubby. Saisi d'une étrange impulsion, j'entrai :

– Dites, monsieur, vous n'avez plus de lapins en chocolat ?
90 – Terminé, mon garçon.

– Terminé ?...

– Mais j'ai beaucoup d'autres choses. Combien veux-tu dépenser ?

Vidant mes poches, je trouvai cinquante cents avec lesquels

---

1. Poules, lapins, poissons en chocolat que l'on achète à Pâques.

95 j'achetai un sac de bonbons. Ensuite je me sentis un peu bizarre, dans la rue, avec ce sac à la main.

Voyant que je n'avais plus de quoi prendre le tramway pour rentrer, je commençai à traverser la ville à pied. C'était une fin d'après-midi ; au coin d'une rue des élèves sortaient d'une
100 école. Ce qui me rappelait que la semaine suivante, il me faudrait bien retourner à la mienne. Les enfants criaient, se bousculaient, inondant la sortie à tel point que je ne pouvais plus avancer.

Je remarquai alors deux garçons, un grand et un petit qui
105 s'en allaient ensemble.

Non loin derrière, je les suivais. La frêle[1] main du garçonnet serrait l'index de son grand frère, comme autrefois celle de Bubby avait serré le mien. Sans réfléchir, je m'approchai et poussai le sac de bonbons dans les mains du petit. Puis, étreint[2]
110 par mon émotion, je les quittai rapidement, sans dire un mot.

Stupéfait, le grand frère me lança quelques vagues appels que, trop loin déjà, je ne compris pas.

1. Fragile.
2. Oppressé.

BIEN LIRE

CHAPITRE 21
• **Quels rapprochements le narrateur fait-il entre Willy et lui-même ?**
• **Pouvez-vous qualifier l'attitude et les paroles des petites voisines ? Que pensez-vous de leur définition de l'Enfer ?**

22

Vint enfin le mois de mai, les premières feuilles ; les jours allongeaient. Un matin, la lumière, en traversant mes paupières, m'éveilla. Par les dix fenêtres, elle inondait ma chambre. La forte pente qui descendait vers l'Est me découvrait, comme toujours, par-dessus les toits et le clocheton de Sainte-Marie, le même horizon sans limites. J'assistai, comme du haut d'une montagne, au lever du soleil. Un tramway passa, puis le silence.

Le soleil, d'abord à peine visible, grossissait, se libérait lentement des nuages. J'avais envie de chanter. « Peu importe qui l'a faite, cette beauté, pensai-je, elle est là. » Plein d'émerveillement, plein d'appétit devant la vie, je me répétais le rythme des années à venir : « 1950, 1960, 1965... Un jour je serai un grand archéologue, j'irai découvrir les merveilles cachées dans la terre. Quand je serai grand... »

Alors, ce fut l'éboulement[1] sous les souvenirs, les paroles de Bubby, à Noël :

« Quand je serai grand, je nous achèterai cent treize gâteaux et cent treize arbres ! »

Mais l'oubli avait été si total, pendant ces quelques instants du réveil, qu'il me fallait une preuve supplémentaire de la réalité. J'allai à mon tiroir, j'ouvris le Whitfield's Sampler.

---

1. Effondrement, écroulement.

Caché à l'intérieur, un œuf vert, et sur la coque, ces mots laissés en blanc :

« Je t'aime. »

25 Je n'osais plus regarder le soleil se lever. Je m'en sentais trop indigne. L'œuf à la main, je m'enfonçai dans le lit, me cachant la tête loin de cette lumière. Sous les couvertures, je tenais cet œuf qui se réchauffait à moi comme une chose vivante. Quelle différence y avait-il donc entre l'amour, la beauté, le bonheur ?

30 Bubby, c'était Noël, le château de neige, c'était ce petit compagnon qui venait me chercher à la porte de l'école. Cet œuf renfermait pour moi un certain sens de la vie. Il m'a fait comprendre beaucoup de choses – bref, tout ce qui, dans ce monde, vaut la peine d'être compris. Je relisais l'inscription. C'était

35 peut-être ça, Dieu, après tout.

Et penser que je lui avais dit qu'aimer, il ne savait pas ce que cela voulait dire...

BIEN LIRE

CHAPITRE 22
• Quelle est l'importance symbolique de l'œuf ?
• L. 28-29 : « Quelle différence y avait-il donc entre l'amour, la beauté, le bonheur ? » ; réfléchissez à cette question en la rapprochant des lignes 29 à 30 du chapitre 2 (p. 18).

Après-texte

POUR COMPRENDRE

Étape 1   Jeff, sa cicatrice et Dieu 200

Étape 2   L'hostilité des nouveaux camarades
de classe 201

Étape 3   L'amitié avec Willy 202

Étape 4   La fête de Noël 203

Étape 5   Le vol des timbres
et l'accusation publique 204

Étape 6   L'intervention des mères 205

Étape 7   Le malheur de Willy 206

Étape 8   Culpabilité et tentative de réparation 207

Étape 9   La mort du petit frère 208

GROUPEMENT DE TEXTES

Le monde cruel de l'enfance 211

INFORMATION / DOCUMENTATION

Bibliographie, filmographie, Internet 219

POUR COMPRENDRE

Lire

1 Que nous apprennent les premières pages de ce roman sur les personnages, leur situation familiale, les lieux, et l'époque ?

2 Qui raconte l'histoire ?

3 Relevez les éléments qui montrent que l'histoire est racontée bien après qu'elle se soit produite.

4 Relevez les éléments annoncés dans ces deux premiers chapitres et qui ne sont pas développés. À votre avis, pourquoi le narrateur fait-il une ellipse sur ces éléments ?

5 Pourquoi l'enfant se doute-t-il que sa mère lui ment lorsqu'elle lui explique l'origine de sa cicatrice (l. 13-26, pp. 9-10) ?

6 Quelles sont les différentes réactions de la mère, du père et du frère face à la cicatrice du narrateur (l. 32-50, pp. 10-11) ?

7 Comment le narrateur se décrit-il lui-même ? Vous en donnerez un portrait physique et moral.

Écrire

8 Imaginez l'une des histoires que raconte la mère au narrateur pour expliquer l'origine de la cicatrice.

9 Le narrateur écrit à un ami pour lui décrire sa nouvelle maison. Rédigez la lettre.

Chercher

10 Connaissez-vous d'autres œuvres littéraires ou cinématographiques dans lesquelles l'un des principaux personnages a un défaut physique ?

11 La mère du narrateur est « protestante ». Cherchez dans une encyclopédie en quoi consiste cette religion.

12 Cherchez l'origine de l'expression « bec-de-lièvre ». Connaissez-vous d'autres expressions composées avec des noms d'animaux ?

À SAVOIR

LES DÉBUTS DE ROMAN

Le premier ou les deux premiers chapitres d'un roman sont essentiels. Ces pages doivent séduire le lecteur et lui donner envie de poursuivre sa lecture. Le début de roman, appelé incipit, répond, en général, à trois questions : qui ? où ? quand ? Il situe donc un personnage, le héros, dans un lieu précis et à une époque donnée. Le héros de *La Cicatrice* **est un enfant de treize ans. L'action se déroule en 1944 dans une ville des États-Unis. Le début du récit donne d'emblée le ton du roman : la cicatrice qui déforme la bouche de l'enfant est à l'origine des épisodes malheureux qu'il va narrer.**

CAMARADES DE CLASSE

POUR COMPRENDRE

Lire

1 Quelles différences remarque l'enfant entre son ancienne et sa nouvelle école ?

2 Pourquoi pensez-vous que les enfants rient lorsque l'institutrice leur présente le nouvel élève ? Quelle métaphore l'auteur utilise-t-il pour parler du fou rire des élèves ?

3 Comment l'enfant ressent-il et explique-t-il le rire des autres ?

4 Certains enfants ne rient pas. Peut-on comprendre pourquoi d'après ce que dit le narrateur ?

5 Relevez les éléments qui décrivent l'institutrice.

6 Au chapitre 4, comment se comportent les enfants avec le nouvel arrivant ? Quelles raisons invoquent-ils pour refuser de l'intégrer à leurs jeux ?

7 Expliquez pourquoi, au moment où

on le laisse enfin jouer, Jeff a l'impression de « vivre un moment décisif » (l. 64, p. 32) ?

Écrire

8 Le soir, en rentrant chez lui, un élève de la classe raconte à ses parents l'arrivée du nouveau.

9 Avez-vous déjà été victime, comme le héros du roman, de moqueries et de rejet de la part des autres ? Racontez ce que vous avez éprouvé à ce moment.

Chercher

10 Le héros dit qu'en changeant de quartier il a aussi changé de milieu social. Cherchez ce que signifie « milieu social ». Avez-vous conscience d'appartenir à un milieu social précis ?

11 Savez-vous ce qu'est la numismatique ?

À SAVOIR

AUTEUR, NARRATEUR ET PERSONNAGE

L'auteur, Bruce Lowery, est la personne qui a écrit le roman. Le **personnage** principal est le héros de l'histoire. Le **narrateur** est celui qui raconte ce qui s'est passé. Dans *La Cicatrice*, le narrateur et le personnage principal ne sont qu'une et même personne : en effet, Jeff, le héros à qui arrivent les événements relatés, est également celui qui les raconte. Pourtant, lorsqu'il les rapporte il est déjà plus âgé et se souvient de ce qu'il a vécu ; ainsi dans le premier chapitre, il indique : « Il faut remonter à novembre 1944. J'avais treize ans » (l. 4-5).

Il peut arriver que l'auteur, le narrateur et le personnage principal soient la même personne, il s'agit alors d'un récit autobiographique.

L'AMITIÉ AVEC WILLY

POUR COMPRENDRE

Lire

1 Qu'est-ce qui fait que Willy est respecté par les autres enfants malgré ses grandes oreilles ?

2 Quel événement est à l'origine du léger changement d'attitude des enfants à l'égard de Jeff ?

3 Quelles raisons justifient que Jeff a subitement envie de courir ?

4 Quelles sont les « marottes » des parents de Jeff ?

5 Qu'est-ce qui pousse Jeff à rendre visite régulièrement à Monsieur Sandt ?

6 Jeff dit être « au courant, en gros, des événements qui se passaient dans le monde » (l. 95-96, p. 52). Quels événement se déroulaient dans le monde à ce moment-là ?

Écrire

7 Rédigez les règles du jeu de « l'Homme sur la Montagne ».

8 Avez-vous une « marotte » ? Expliquez-en l'origine et ce qu'elle représente pour vous.

Chercher

9 Dans la cour de l'école de Jeff, il y a des ormes séculaires. Que savez-vous sur la durée de vie des arbres comme, par exemple, le séquoia, le baobab, le pin, le bonsaï ?

10 Savez-vous depuis quand existent les timbres-poste ? Cherchez les autres sens du mot « timbre ».

11 Quelles sont les différences entre l'ébénisterie et la menuiserie ? Cherchez les noms d'autres métiers en rapport avec le bois.

À SAVOIR

LE PORTRAIT

Pour donner une vraisemblance à ses personnages, pour renseigner le lecteur et lui fournir des indices sur les protagonistes, un romancier rédige souvent des portraits détaillés qu'il ne faut pas négliger, car ils participent pleinement à l'intrigue. Alors que la description s'attache à montrer essentiellement les lieux, le portrait décrit une personne. De nombreux éléments servent à construire les personnages, qui prennent forme grâce à des traits physiques et moraux particuliers, grâce à certaines attitudes et qui sont caractérisés par leurs paroles, leurs vêtements... Un personnage peut être décrit par lui-même – c'est le cas de Jeff au début du roman – ou à travers ce qu'en disent les autres.

LA FÊTE DE NOËL

Lire

1 Qu'entend Miss Martel par « l'Esprit de Noël » (l. 34, p. 54) ?

2 Relevez les éléments qui font que, pour Jeff, la fête de l'école « était tout sauf une fête » (l. 52, p. 55).

3 Montrez comment, malgré son absence, Willy est constamment présent à la fête de l'école.

4 Relevez les éléments qui donnent une coloration religieuse à la fête.

5 Quel est le sens du rite étrange des deux petites filles (l. 119-138, p. 58) ?

6 Que veut exprimer Jeff à travers le cadeau qu'il fait à Willy ?

7 Jeff devine que Willy a aussi « sa cicatrice » (l. 137, p. 67). Quelle est cette cicatrice ? En quoi est-elle différente de celle de Jeff ?

8 Qu'apprend-on sur Willy à travers la description de sa chambre faite par Jeff ?

Écrire

9 Décrivez ce que vous ressentez lorsqu'on vous fait un cadeau qui vous fait plaisir.

10 Quels arguments pourraient utiliser les parents de Jeff pour expliquer pourquoi ils sont fiers de leurs garçons ?

11 Vous avez une bande dessinée que vous aimez particulièrement. Expliquez pourquoi elle a votre préférence.

Chercher

12 Pour la fête de Noël, les enfants de l'école découpent des têtes de saint Nicolas. Cherchez qui était saint Nicolas et quel est son rapport avec la fête de Noël.

13 Quelle différence faites-vous entre « équité » et « égalité » ?

À SAVOIR

LE RYTHME DU RÉCIT

Le rythme d'un récit varie suivant la place occupée par chaque épisode. On appelle **scène** un moment de l'histoire raconté en détail. Lorsqu'une période de l'histoire est résumée, il s'agit d'un **sommaire**. C'est le cas avec la phrase : « Longtemps, on détailla les cadeaux, on se les montra » (l. 216-217, p. 71). L'événement dure longtemps, mais il est résumé en une seule phrase. Enfin, lorsque des événements ne sont pas racontés il s'agit d'une **ellipse**. Le chapitre 8 se termine le soir de Noël et le chapitre 9 commence au Nouvel An, pourtant on ne sait rien de ce qui s'est passé durant cette semaine.

LE VOL DES TIMBRES
ET L'ACCUSATION PUBLIQUE

POUR COMPRENDRE

Lire

1 Qu'est-ce qui pousse Jeff à voler le timbre transparent puis les autres timbres ? Est-il conscient de ce qu'il est en train de faire ? Pourquoi continue-t-il ?

2 Quelles fausses excuses se donne-t-il, après coup, pour justifier son vol ? Pourquoi éprouve-t-il le besoin d'y mêler Dieu ?

3 Relevez les éléments qui montrent le changement d'attitude de Jeff par rapport à ses parents et surtout par rapport à son frère.

4 Quel système de défense choisit Jeff face à Ronald ? Quels arguments utilise-t-il ?

5 Pourquoi Willy défend-il encore Jeff face aux autres ? Qu'espère-t-il ?

6 Relevez les étapes de la vengeance des enfants par rapport à Jeff, entre le début et la fin du chapitre 11.

7 Relevez les expressions qui montrent ce que Jeff pense de lui-même.

Écrire

8 Imaginez, sous forme de monologue, ce qui se passe dans la tête de Jeff pendant qu'il vole les timbres.

9 Vous est-il déjà arrivé de ne pas pouvoir avouer un acte que vous avez commis ? Que ressentiez-vous à ce moment ?

Chercher

10 Cherchez ce qu'est « une société secrète » ?

À SAVOIR

LES FORMES DU DISCOURS

Pour rapporter les paroles des personnages, plusieurs procédés existent et sont employés avec des intentions précises :

• Le **discours direct** rend le texte plus vivant. Il reprend les propos exacts prononcés par les protagonistes. La ponctuation est particulière : après avoir mis un point (.) ou deux points (:), on va à la ligne, on ouvre les guillemets pour indiquer la prise de parole et on ferme les guillemets lorsque le discours est terminé.

• Le **discours indirect** ne donne pas dans leur intégralité les propos tenus. Grâce à un verbe indiquant la prise de parole (parler, dire, répondre...) et grâce à une proposition subordonnée, on peut reprendre le sens des propos sans interrompre la narration.

• Le **discours indirect libre** permet de reprendre les propos sans interrompre le récit. Il garde la personne et le temps du style indirect mais sans en avoir les lourdeurs.

Lire

1 Relevez les différentes étapes de l'argumentation de Miss Martel (l. 21-84, pp. 113-116).

2 Comment réagissent les parents de Jeff à l'accusation contre leur fils ?

3 Tentez d'expliquer la fascination qui envahit Jeff lorsqu'il constate que les timbres sont toujours dans sa boîte (l. 234-237, p. 122).

4 Comment expliquez-vous que Jeff éprouve le besoin de montrer les timbres volés à sa famille ? (l. 265-312, pp. 124-126).

5 Dans le chapitre 13, Jeff dit qu'il fait le bilan des conséquences de son acte. Quel est ce bilan ?

6 On apprend au chapitre 13 que la mère de Jeff est allée rendre visite à la mère de Willy. Quelles sont les raisons de cette démarche ? Quelles en sont les conséquences ?

7 Au cours de la bagarre entre Willy et Jeff, relevez les termes qui montrent que Willy ne veut pas faire de mal à Jeff.

8 Lorsque Jeff, à la fin du chapitre 14, propose de changer d'école, son père s'y oppose. Quels sont les arguments utilisés par le père pour justifier ce refus ?

Écrire

9 Qualifiez en une phrase l'attitude de Jeff par rapport à ses parents (au chapitre 12).

10 À la fin du chapitre 14, Jeff propose de changer d'école. Imaginez son argumentation pour convaincre ses parents.

11 Décrivez vos réactions si on vous traitait de lâche.

Chercher

12 Miss Martel demande aux élèves de cesser leurs « persécutions » contre Jeff. Cherchez les sens de ce mot et trouvez quelques exemples de persécutions historiques.

À SAVOIR

SENS PROPRE, SENS FIGURÉ

Les mots possèdent un **sens propre** : le sens habituel, la définition la plus courante donnée par le dictionnaire et un **sens figuré** qui fait que l'auteur utilise ce mot comme une image. Ainsi, lorsque Jeff a « les bras cloués au sol » (l. 45, p. 136), le verbe « clouer » est utilisé au sens figuré signifiant que ses bras restent sur le sol comme s'ils étaient cloués.

LE MALHEUR DE WILLY

Lire

1 Relevez les éléments qui, dans l'attitude de M. Sandt, rendent Jeff confiant (l. 69-137, pp. 145-147).

2 Comment Jeff interprète-t-il le long moment que M. Sandt passe dans sa cuisine à préparer l'orangeade ?

3 À quoi est due, selon vous, l'insistance de M. Standt pour que Jeff vienne le voir plus souvent ? Comment Jeff l'interprète-t-il ?

4 Jeff pense à avouer son vol à Willy après la mort du frère de celui-ci. Quels obstacles l'en empêchent ?

5 Pourquoi pensez-vous que Jeff aime passer près de l'endroit où il avait joué à « l'Homme sur la Montagne » ?

6 « Décidément j'avais bien changé » dit Jeff à la fin du chapitre 17 (l. 130, p. 162). Qu'est-ce qui a changé en lui ? Quel événement a produit ce changement ? Faites un tableau comparatif de son caractère et de son comportement avant et après le changement.

Écrire

7 Avez-vous déjà vu un portrait de Louis XIV ? Décrivez-le.

8 Imaginez le texte écrit sur la carte de condoléances que Miss Martel fait signer aux élèves après la mort accidentelle du frère de Willy.

9 Expliquez la phrase : « Chaque jour, un peu plus de sel dans la plaie. » (l. 132-133, p. 154).

Chercher

10 Cherchez l'étymologie du mot « quadrige ». Connaissez-vous d'autres mots commençant par le même préfixe. Qu'ont-ils en commun ?

11 Relevez dans le roman toutes les allusions concernant l'Orient.

LE TEXTE ARGUMENTATIF

Un texte ou un discours argumentatif a pour but de convaincre l'interlocuteur du bien-fondé de la thèse, de l'idée que l'on soutient. Pour cela, on utilise des arguments illustrés par des exemples et reliés par des connecteurs logiques (des conjonctions de subordination, de coordination ...). Par exemple, au chapitre 14, Jeff veut changer d'école (thèse) et il propose comme argument qu'il ne peut pas travailler à l'école. Son père va lui opposer d'autres arguments et Jeff n'obtiendra pas ce qu'il veut car il n'aura pas réussi à le convaincre.

DE RÉPARATION

Lire

1 Jeff constate qu'il est « susceptible sans raison » (l. 14, p. 163). Qu'est-ce qui justifie cette susceptibilité ?

2 Qu'est-ce qui fait que Jeff sente entre Willy et lui une « muraille infranchissable » (l. 157, p. 169) ? Relevez les éléments qui montrent la difficulté à communiquer entre les deux garçons au cours de cette scène.

3 Relevez les termes évoquant l'angoisse, la peur de Jeff lorsqu'il a décidé de replacer les timbres dans le pupitre de Willy.

4 Pensez-vous que le choix du papier buvard près du pupitre de Ronald soit dû au hasard ?

5 Comment jugez-vous l'attitude de Jeff qui défend Ronald lorsque Willy l'accuse du vol de ses timbres ?

Écrire

6 Jeff aime venir s'asseoir à une fenêtre qui lui permet de voir sans être vu. Énumérez les avantages de cette position.

Chercher

7 « Rire comme une hyène » : cherchez d'autres expressions construites sur le même modèle.

8 Qu'est-ce qu'une interdiction morale ? Quels autres types d'interdictions connaissez-vous ?

9 En quoi consiste « l'effort de guerre » auquel participe Willy ?

POUR COMPRENDRE

À SAVOIR

LE POINT DE VUE

Dans un roman, le narrateur organise ce qu'il raconte suivant un **point de vue**. Il existe trois points de vue :

– le point de vue **externe** : le narrateur ne sait que ce qu'il voit, il n'est qu'un spectateur non impliqué dans l'histoire.

– le point de vue **interne** : l'histoire est racontée à travers le regard d'un personnage.

– le point de vue **omniscient** : l'histoire est racontée à travers le regard du narrateur qui sait tout sur les événements ainsi que les personnages, et connaît leurs pensées, leur passé... C'est le cas dans *La Cicatrice* où le narrateur, Jeff, raconte les événements comme il les a vécus.

La plupart du temps dans le récit, l'un de ces trois points de vue domine, mais il peut varier à l'intérieur d'un même roman.

LA MORT DU PETIT FRÈRE

Lire

1 Qu'annonce le narrateur dans la phrase : « Cette journée qui devait être affreuse s'était parée d'un soleil magnifique » (l. 1-2, p. 181) ? Relevez et expliquez l'opposition que l'on trouve dans cette phrase.

2 Relevez, dans le chapitre 20, les annonces prématurées d'événements qui se dérouleront dans la suite du récit.

3 Laquelle des accusations de Ronald touche le plus le père de Jeff ? Pourquoi ?

4 Quelle impression provoque l'expression « le cri de l'ambulance » (l. 132, p. 186) ?

5 D'après vous, pourquoi Bubby dit-il, après sa chute : « Je ne l'ai pas fait exprès » (l. 123, p. 186) ?

6 Pourquoi les petites filles pensent-elles que le frère de Jeff est « en Enfer » (l. 66, p. 193). Que pensez-vous de leur raisonnement ?

7 Expliquez l'expression « Pauvre cercueil lapidé par les mottes de terre fraîche » (l. 33, p. 192).

8 Quel est le temps et le mode de la forme verbale « en jouant » (l. 47, l. 48 et l. 52, p. 193) ? Comment interprétez-vous son emploi ?

9 Qu'est-ce qui pousse Jeff, à la fin du chapitre 21, à mettre le sac de bonbons dans la main du petit garçon qui rentre de l'école avec son grand frère ?

10 Relevez, au début du chapitre 22, les mots et les expressions qui indiquent la joie et le bien-être. Qu'est-ce qui met fin à cette sensation ?

11 Jeff dit, dans les dernières lignes du roman, qu'il a compris « tout ce qui, dans ce monde, vaut la peine d'être compris » (l. 33-34, p. 197). Qu'a-t-il compris précisément ?

Écrire

12 Avez-vous déjà senti en vous « une bête inquiétante capable d'impulsions, de cruautés » (l. 49-50, p. 193) ? Que vous poussait-elle à faire ?

13 Quelle différence faites-vous entre « l'amour, la beauté, le bonheur » (l. 29, p. 197) ? Donnez votre définition de chacun de ces termes.

14 Imaginez la réaction des autres enfants lorsque Jeff retournera à l'école.

Chercher

15 Cherchez la symbolique des œufs de Pâques.

16 Jeff se rend avec son père au Temple. Qu'est-ce qu'un Temple ? une

Synagogue ? une Mosquée ? une Église ?

17 Jeff a beaucoup changé entre le début et la fin du roman, retrouvez les différentes étapes de cette évolution.

LE SCHÉMA NARRATIF

On peut dégager, dans chaque histoire, cinq étapes fondamentales qui structurent le récit :

– La **situation initiale** qui ouvre le récit et présente les principaux personnages, les lieux et l'époque à laquelle se déroule l'histoire. Dans l'histoire, la situation initiale est l'arrivée de Jeff, un garçon de treize ans, dans une nouvelle école.

– L'**événement déclencheur** (ou perturbateur) qui vient rompre l'équilibre de la situation initiale et va donc déclencher l'action (ou les actions diverses). Dans l'histoire, il s'agit de l'arrivée dans la nouvelle école où Jeff est rejeté à cause de sa cicatrice.

– **Les péripéties** : ce sont les événements qui vont faire progresser l'histoire : le vol des timbres, le mensonge, l'exclusion, la mort du petit frère.

– L'**élément équilibrant** qui met fin aux péripéties et va rétablir une situation d'équilibre. C'est le retournement de situation : Jeff n'est plus soupçonné du vol des timbres, la mort du petit frère.

– La **situation finale** où on retrouve les personnages à la fin de leurs aventures, transformés par les péripéties qu'ils ont vécues : Jeff tire une morale de tous les événements de sa vie.

Dans un texte relativement long, comme un roman, ce schéma peut se reproduire à plusieurs reprises, la situation finale d'un épisode servant de situation initiale pour l'épisode suivant.

LE MONDE CRUEL DE L'ENFANCE

L'enfance est un thème très prisé par les romanciers. Nombreux sont les témoignages rapportant des souvenirs liés au temps dit de « l'insouciance ». Pourtant, la perception qu'ont les adultes du monde enfantin est souvent très altérée et le romancier, de son point de vue d'enfant, rapporte la plupart du temps des événements marquants, douloureux et tristes : la petite-fille de Victor Hugo semble bien privilégiée en regard du jeune Richard de *Black Boy* que sa mère oblige à affronter la violence extérieure pour affirmer, à cinq ans, sa dignité. Ignorants de la sourde violence familiale ou sociale, Poil de Carotte de Jules Renard et L'Enfant de Jules Vallès devront se forger eux-mêmes les armes que les adultes sont incapables de leur fournir : pour l'un et l'autre la guérison des blessures enfantines passera par l'écriture. L'Écriture-*Confessions* qui, pour Jean-Jacques Rousseau, est encore impuissante, cinquante ans plus tard, à cicatriser les plaies infligées à l'enfant.

Victor Hugo (1802-1885)

L'Art d'être grand-père, « La Cicatrice » (1877)
Plein de tendresse pour ses petits-enfants Georges et Jeanne, le poète, presque octogénaire chante la douceur de l'enfance. Il se montre, dans ce recueil, sous un jour nouveau abandonnant un moment ses attitudes héroïques et passionnées. On y retrouve la

compréhension de l'âme enfantine telle qu'elle apparaissait dans *Les Misérables*.

> Une croûte assez laide est sur la cicatrice.
> Jeanne l'arrache, et saigne, et c'est là son caprice ;
> Elle arrive, montrant son doigt presque en lambeau.
> – J'ai, me dit-elle, ôté la peau de mon bobo.
> Je la gronde, elle pleure et, la voyant en larmes,
> Je deviens plat. – Faisons la paix, je rends les armes,
> Jeanne, à condition que tu me souriras.
> Alors la douce enfant s'est jetée dans mes bras,
> Et m'a dit, de son air indulgent et suprême :
> – Je ne me ferai plus de mal, puisque je t'aime.
> Et nous voilà contents, en ce tendre abandon,
> Elle de ma clémence et moi de son pardon.

Jules Renard (1864-1910)

Poil de Carotte (1894), récit 11 « Coup de théâtre »
Poil de Carotte ne se présente pas sous la forme d'un roman traditionnel : chacun des quarante-huit récits qui le composent, doté d'un titre, forme un tout. Le thème du livre ne se résume pas à une simple vengeance contre la mère. Il est aussi une protestation contre l'image traditionnelle et trop gentille de l'enfance telle que certains auteurs ont pu la peindre auparavant.
Dans cet extrait, M. Lepic a proposé à son fils de venir se promener, mais Mme Lepic le lui a interdit sans raison, en le menaçant d'une gifle.

SCÈNE III

MONSIEUR LEPIC : (*Il chérit Poil de Carotte, mais ne s'en occupe jamais, toujours courant la prétentaine, pour affaires.*) Allons ! Partons.

POIL DE CAROTTE : Non mon papa.

MONSIEUR LEPIC : Comment non ? Tu ne veux pas venir ?

POIL DE CAROTTE : Oh ! si ! Mais je ne peux pas.

MONSIEUR LEPIC : Explique-toi. Qu'est-ce qu'il y a ?

POIL DE CAROTTE : Y a rien, mais je reste.

MONSIEUR LEPIC : Ah, oui ! encore une de tes lubies. Quel petit animal tu fais ! On ne sait par quelle oreille te prendre. Tu veux, tu ne veux plus. Reste, mon ami, et pleurniche à ton aise.

SCÈNE IV

MME LEPIC : (*Elle a toujours la précaution d'écouter aux portes, pour mieux entendre.*) Pauvre chéri ! (*Cajoleuse, elle lui passe la main dans les cheveux et les tire.*) Le voilà tout en larmes, parce que son père... (*Elle regarde en-dessous M. Lepic.*) voudrait l'emmener malgré lui. Ce n'est pas ta mère qui te tourmenterait avec cette cruauté. (*Les Lepic père et mère tournent le dos.*)

SCÈNE V

POIL DE CAROTTE : (*Au fond d'un placard. Dans sa bouche, deux doigts ; dans son nez, un seul.*) Tout le monde ne peut pas être orphelin.

Jean-Jacques Rousseau (1712-1778)

Les Confessions (1781-1788), livre II

Le jeune Jean-Jacques, orphelin de mère a été confié à la garde de M. et Mlle Lambercier. Cette dernière constate qu'un de ses peignes a été cassé : ce ne peut être que Jean-Jacques le fautif car c'est le seul à être entré dans la chambre. Cependant, l'enfant proteste et clame son innocence mais il est sévèrement châtié. Cinquante ans plus tard, l'écrivain se souvient de cet épisode.

Qu'on se figure un caractère simple et docile dans la vie ordinaire, mais ardent, fier, indomptable dans les passions, un enfant toujours gouverné par la voix de la raison, toujours traité avec douceur, équité, complaisance, qui n'avait pas même idée de l'injustice, et qui, pour la première fois, en éprouve une si terrible de la part précisément des gens qu'il chérit et respecte le plus : quel renversement d'idées ! quel désordre de sentiments ! quel bouleversement dans son cœur, dans sa cervelle, dans tout son petit être intelligent et moral ! Je dis qu'on s'imagine tout cela, s'il est possible ; car pour moi, je ne me sens pas capable de démêler, de suivre la moindre trace de ce qui se passait alors en moi.

Je n'avais pas encore assez de raison pour sentir combien les apparences me condamnaient, et pour me mettre à la place des autres. Je me tenais à la mienne, et tout ce que je sentais, c'était la rigueur d'un châtiment effroyable pour un crime que je n'avais pas commis. […] Je sens en écrivant que mon pouls s'élève encore : ces moments me seront toujours présents quand je vivrais mille ans.

Jules Vallès (1832-1885)

L'Enfant (1879), chapitre XX « Mes humanités »
L'Enfant est le premier volume d'une trilogie : *Le Bachelier* et *L'Insurgé* paraîtront respectivement en 1881 et 1886. Dans ce roman, Jules Vallès dénonce le pouvoir qu'exercent sur l'enfant la mère et l'école. Alors que la mère de Jacques est présentée

comme une femme avare, sadique et ridicule, qu'un mari faible laisse faire, l'école est dénoncée comme un pouvoir oppressif qui humilie et infantilise les adultes, qui flatte le pouvoir et qui contraint les enfants au mensonge, à la dissimulation, à la bassesse.

Dans l'extrait qui suit, l'enfant est confronté à un professeur « hors-normes » qui, lui, prend ses distances par rapport à l'institution.

Je souffre de me voir accablé d'éloges que je ne mérite pas, on me prend pour un fort, je ne suis qu'un simple filou. Je vole à droite, à gauche, je ramasse des rejets au coin des livres .[...]

Il y a monsieur Jaluzot, le professeur d'histoire, que tout le monde aime au collège. On dit qu'il est riche *de chez lui*, et qu'il a son franc parler. C'est un bon garçon.

Je me jette à ses pieds et je lui dis tout.

« M'sieu Jaluzot ! »

– Quoi donc, mon enfant ?

– M'sieu Jaluzot ! »

Je baigne ses mains de mes larmes.

« J'ai, M'sieu, que je suis un filou ! »

Il croit que j'ai volé une bourse et commence à rentrer sa chaîne.

Enfin j'avoue mes vols dans *Alexandre*, et tout ce que j'ai réavalé de *rejets*, je dis où je prends le derrière de mes vers latins.

« Relevez-vous, mon enfant ! Avoir ramassé ces épluchures et fait vos compositions avec ? Vous n'êtes au collège que pour cela, pour mâcher et remâcher ce qui a été mâché par les autres.

– Je ne me mets jamais à la place de Thémistocle ! »

C'est l'aveu qui me coûte le plus.

Monsieur Jaluzot me répond par un éclat de rire comme s'il se moquait de Thémistocle. On voit bien qu'il a de la fortune.

Richard Wright (1908-1960)

Black Boy (1947)

Richard Wright est un romancier noir américain. Ses romans et ses nouvelles, en partie autobiographiques, décrivent un monde où règnent la violence et la cruauté.

Âgé d'environ cinq ans, le jeune Richard vit avec sa mère dans les quartiers pauvres de Memphis au Tennessee. Sa mère ayant trouvé du travail, il doit faire les commissions seul. Une bande de gamins lui vole son panier et son argent. La scène se reproduit une deuxième fois. Alors, sa mère refait une troisième liste et donne à Richard un long et lourd bâton. Elle lui promet le fouet s'il revient sans les commissions.

Sur ce, elle claqua la porte et j'entendis la clef tourner dans la serrure. Je tremblais de peur. J'étais tout seul dans la rue sombre et hostile avec toute une bande de gamins après moi. J'avais le choix entre recevoir une correction à la maison ou la recevoir dans la rue. Tout en pleurant, je serrai le bâton de toutes mes forces, essayant de raisonner. Si j'étais battu à la maison, il me faudrait en prendre mon parti ; mais si on me battait dans la rue, j'avais au moins une chance de me défendre. Je longeai lentement le trottoir, me rapprochant de la bande de gamins, tenant ferme mon bâton. J'étais tellement affolé que c'est à peine si je pouvais respirer. J'étais presque sur eux. Un cri s'éleva : « Le revoilà ! »

Je fus rapidement cerné. Ils tentèrent d'attraper ma main.

« J'vous tuerai », dis-je d'un ton menaçant.

Alors ils se rapprochèrent. Saisi d'une peur aveugle, je fis tournoyer mon bâton et je le sentis cogner contre un crâne. Je frappai de nouveau et mon bâton heurta un autre crâne, puis un autre encore. Me rendant compte qu'ils reviendraient à la charge, si je me relâchais un seul instant, je luttais pour les abattre, pour les étendre raides, pour les tuer afin qu'ils ne me frappent pas à leur tour. Je tapais comme un sourd, les yeux pleins de larmes, les dents serrées, envahi par une peur atroce qui me faisait frapper de toute la force dont j'étais capable. Je cognais sans désemparer, lâchant l'argent et la liste des commissions. Les garçons se débandèrent en hurlant et en se frottant la tête. Ils n'avaient jamais vu une pareille frénésie.

BIBLIOGRAPHIE

– Hervé Bazin, *Vipère au poing*, 1948.
– Alphonse Daudet, *Le Petit Chose*, 1868.
– Charles Dickens, *Oliver Twist*, 1838.
– Anne Frank, *Le Journal d'Anne Frank*, 1950.
– William Golding, *Sa Majesté des mouches*, 1954.
– Hector Malot, *Sans famille*, 1878.
– Louis Pergaud, *La Guerre des boutons*, 1912.
– La Comtesse de Ségur, *Les Petites Filles modèles*, 1858.
– Mary Webb, *Sarn*, 1924.

FILMOGRAPHIE

– *Freaks*, de Tod Browning, 1932.
– *Le Garçon aux cheveux verts*, de Joseph Losey, 1948.
– *L'Enfant sauvage*, de FrançoisTruffaut, 1970.
– *L'Énigme de Kaspar Hauser*, de Werner Herzog, 1975.
– *Carrie*, de Brian de Palma, 1977.
– *Le Tambour*, de Volker Schlöndorff, 1979.
– *Elephant man*, de David Lynch, 1981.
– *Édouard aux mains d'argent*, de Tim Burton, 1991.

INTERNET

• **sur l'enfance**
– www.enfance-et-partage.com/
– www.mes-droits-enfant.com/

• **sur la littérature de jeunesse**
– http ://www.richmond.edu/~jpaulsen/petitprince/petitprince.html/
– http ://www.lepetitprince.com/
– http ://www.cndp.fr/1001livres/script

Dans la collection

Classiques & Contemporains

1 **Mary Higgins Clark,** *La Nuit du renard*

2 **Victor Hugo,** *Claude Gueux*

3 **Stephen King,** *La Cadillac de Dolan*

4 **Pierre Loti,** *Le Roman d'un enfant*

5 **Christian Jacq,** *La Fiancée du Nil*

6 **Jules Renard,** *Poil de Carotte* (comédie en un acte),
suivi de *La Bigote* (comédie en deux actes)

7 **Nicole Ciravégna,** *Les Tambours de la nuit*

8 **Sir Arthur Conan Doyle,** *Le Monde perdu*

9 **Poe, Gautier, Maupassant, Gogol,** *Nouvelles fantastiques*

10 **Philippe Delerm,** *L'Envol*

11 *La Farce de Maître Pierre Pathelin*

12 **Bruce Lowery,** *La Cicatrice*

13 **Alphonse Daudet,** *Contes choisis*

14 **Didier van Cauwelaert,** *Cheyenne*

15 **Honoré de Balzac,** *Sarrazine*

16 **Amélie Nothomb,** *Le Sabotage amoureux*

17 **Alfred Jarry,** *Ubu roi*

18 **Claude Klotz,** *Killer Kid*

19 **Molière,** *George Dandin*

20 **Didier Daeninckx,** *Cannibale*

21 **Prosper Mérimée,** *Tamango*

22 **Roger Vercel,** *Capitaine Conan*

23 **Alexandre Dumas,** *Le Bagnard de l'Opéra*

24 **Albert t'Serstevens,** *Taïa*

25 **Gaston Leroux,** *Le Mystère de la chambre jaune*

26 **Éric Boisset,** *Le Grimoire d'Arkandias*

27 **Robert Louis Stevenson,** *Le Cas étrange du Dr Jekyll et de M. Hyde*

28 **Vercors,** *Le Silence de la mer*

29 **Stendhal,** *Vanina Vanini*

30 **Patrick Cauvin,** *Menteur*

31 **Charles Perrault, Mme d'Aulnoy, etc.,** *Contes merveilleux*

32 **Jacques Lanzmann,** *Le Têtard*

33 **Honoré de Balzac,** *Les Secrets de la princesse de Cadignan*

34 **Fred Vargas,** *L'Homme à l'envers*

35 **Jules Verne,** *Sans dessus dessous*

36 **Léon Werth,** *33 Jours*

37 **Pierre Corneille,** *Le Menteur*

38 **Roy Lewis,** *Pourquoi j'ai mangé mon père*

39 **Charles Baudelaire,** *Les Fleurs du Mal*

40 **Yasmina Reza,** *« Art »*

41 **Émile Zola,** *Thérèse Raquin*

42 **Éric-Emmanuel Schmitt,** *Le Visiteur*

43 **Guy de Maupassant,** *Les deux Horla*

44 **H. G. Wells,** *L'Homme invisible*

45 **Alfred de Musset,** *Lorenzaccio*

46 **René Maran,** *Batouala*

47 **Paul Verlaine,** *Confessions*

48 **Voltaire,** *L'Ingénu*

49 **Sir Arthur Conan Doyle,** *Trois Aventures de Sherlock Holmes*

50 *Le Roman de Renart*

51 **Fred Uhlman,** *La lettre de Conrad*

52 **Molière,** *Le Malade imaginaire*

53 **Vercors,** *Zoo ou l'assassin philanthrope*

54 **Denis Diderot,** *Supplément au Voyage de Bougainville*

55 **Raymond Radiguet,** *Le Diable au corps*

56 **Gustave Flaubert,** *Lettres à Louise Colet*

57 **Éric-Emmanuel Schmitt,** *Monsieur Ibrahim et les fleurs du Coran*

58 **George Sand,** *Les Dames vertes*

59 **Anna Gavalda, Dino Buzzati, Julio Cortázar, Claude Bourgeyx, Fred Kassak, Pascal Mérigeau,** *Nouvelles à chute*

60 **Maupassant,** *Les Dimanches d'un bourgeois de Paris*

61 **Éric-Emmanuel Schmitt,** *La Nuit de Valognes*

62 **Molière,** *Dom Juan*

63 **Nina Berberova,** *Le Roseau révolté*

64 **Marivaux,** *La Colonie suivi de L'Île des esclaves*

65 **Italo Calvino,** *Le Vicomte pourfendu*

66 *Les Grands Textes fondateurs*

67 *Les Grands Textes du Moyen Âge et du XVIe siècle*

68 **Boris Vian,** *Les Fourmis*

69 *Contes populaires de Palestine*

70 **Albert Cossery,** *Les Hommes oubliés de Dieu*

71 **Kama Kamanda,** *Les Contes du Griot*

72 **Bernard Werber,** *Les Fourmis* (Tome 1)

73 **Bernard Werber,** *Les Fourmis* (Tome 2)

74 **Mary Higgins Clark,** *Le Billet gagnant et deux autres nouvelles*

75 *90 poèmes classiques et contemporains*

76 **Fred Vargas,** *Pars vite et reviens tard*

77 **Roald Dahl, Ray Bradbury, Jorge Luis Borges, Fredric Brown,** *Nouvelles à chute 2*

78 **Fred Vargas,** *L'Homme aux cercles bleus*

79 **Éric-Emmanuel Schmitt,** *Oscar et la dame rose*

80 **Zarko Petan,** *Le Procès du loup*

Couverture
Conception graphique : Marie-Astrid Bailly-Maître
Illustration : Chrystel Courtin
Intérieur
Conception graphique : Marie-Astrid Bailly-Maître
Réalisation : Nord Compo, Villeneuve-d'Ascq
Remerciements de l'éditeur
– À Jean-Claude Gellé, professeur de lettres dans l'âme.
– Aux éditions Buchet-Chastel, qui ont joué le jeu de la collection
« Classiques & Contemporains » avec amabilité.

achevé d'imprimer en janvier 2007 par Aubin Imprimeur
Dépôt légal : juin 2001 - N° d'éditeur : 2007/036
N° d'imprimeur L 70533